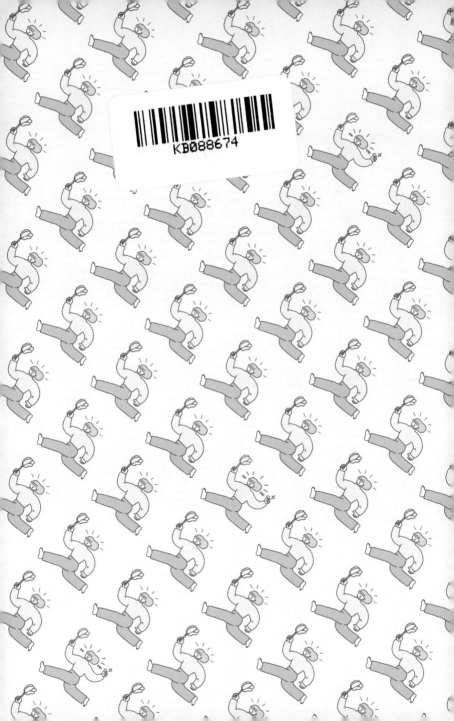

오늘도 집순이로
알차게 살았습니다

침대와 한 몸이 된 당신을 위한
일상 회복 에세이

오예 ᄒᆞ 득템!

오늘도 집순이로
알차게 살았습니다

글·그림 삼각커피

카시오페아
Cassiopeia

"젊은 애가 아픈 데도 참 많다."

"그렇게 게을러서 무슨 일을 한다고 그래?"

"밖에 나가서 사람도 만나든가 뭐라도 좀 해봐!"

집순이로 살면서 귀에 못이 박히게 들었던 말입니다. 2년 간 운영하던 작은 가게를 별 소득 없이 정리하고 백수가 되니, 당장 생활할 돈도 사람을 만날 여유도 없어서 집에만 있었어요. 지금까지 열심히 살았다고 생각했는데 성과는 없고 어떻게 살아야 할지 계획도 마땅치 않으니, 살아갈 의미가 사라지고 항상 불안감에 쫓기는 듯했어요. 게다가 몸도 여기저기 아프고 폭식 때문에 살까지 쪄버려 제 자신이 마냥 못나게만 느껴졌습니다. 앞으로 남은 삶들을 생각할수록 숨이 턱턱 막혀왔어요.

우울이 점점 심해지면서 인생의 끝을 생각했어요. 그런데 '지금 이 순간이 내 삶이 끝나는 순간이구나' 싶은 생각이 들자 무서워졌어요. 이대로 생을 마감해선 안 될 것 같았어요. 그래서 "방구석 삶이라도 제대로 꾸려나가겠다"는 마음으로 나를 한번 변화시켜보자고 다짐했어요. 아무것도 아닌 일상을 잘 살아내기 위해 조금씩, 천천히 움직여보자고 말이에요.

그렇게 1년 동안 나를 조금씩 바꿔나가며 나름 알차게 살아냈습니다. 다시 돌아온 겨울, 지난 1년간 힘들었던 마음과 어떻게 살아냈는지 정리해보고 싶어 일기를 쓰기 시작했어요. 꼬박 1년이란 시간을 '보통의 일상'으로 돌아가기 위해 애써온 나 자신이 무척 대견했고, 힘겹게 되찾은 이 일상이 정말 감사했거든요. 이런 일련의 과정을 담은 일기를 일러스트와 함께 재구성해 다음 브런치에 연재했고, 그간 차곡차곡 쌓아온 기록들을 이 책에 고스란히 담았습니다.

연재를 하는 내내 나와는 다르게 열정 넘치게 살아가는 사람들이 나를 이상하게 볼까 봐, 한심하게 볼까 봐, 비난할까 봐 걱정이 됐어요. 말해서는 안 되는 비밀을 누설하는 사람처럼 마음 한구석에 늘 '내가 이렇게 사는 거 지인들에게 들키면 어쩌지? 혹시나 나쁜 댓글이 달리면 어떡해? 모두들 나를 어떻게 생각할까?' 하는 조마조마한 마음이 있었지만, 매번 그보다 더 큰 용기를 내며 게시물을 업로드했습니다. 수시로 댓글을 확인하다 보니 밤을 샌 적도 많았어요. 예감대로 좋지 않은 댓글이 가끔 달리기도 했지만, 제 이야기를 공감해주고 자신의 경험을 솔직하게 이야기해주는 등 고마운 댓글들이 그보다 훨씬 많았습니다.

집순이 동지들이 이렇게나 많다니!
집에서 나만 이렇게 살고 있는 건 아니구나.
나처럼 힘든 순간을 겪고 있는 분들,
비슷한 감정을 가진 분들도 참 많네.
모두가 말은 안 해도
평범한 오늘을, 보통의 하루를 살아내기 위해 노력하고 있구나.

나와 같은 '우리'를 만났을 뿐인데, 그렇다고 지금 상황이 크게 달라지는 것도 없는데, 이상하게도 살아가는 데 큰 힘이 됐어요. 성공한 삶이 아니더라도, 방구석에서 하루를 보냈더라도, 어떤 삶을 살아가든 저는 '오늘을 살아가는 우리 모두'를 칭찬해주고 싶습니다. "오늘 정말 고생 많았어! 잘 버텼어! X 같은 세상에서 멋지게 살아낸 우리, 정말 대단해!"라고요.

저는 지침서나 자기계발적인 서적과 강의를 선호하지 않습니다. 각자 태어난 환경, 성격, 성향이 다 다른데 어떤 문제에 절대적 해답이 있는 것처럼 "이렇게 해!"라고 말하는 것이 무책임하다고 느껴져서요. 더욱이 성공한 사람이 힘들었던 과거에 대해 이야기하고 성공 방법을 알려준다고 해도 저처럼 지금 당장 힘들어서 죽고 싶은 사람에게는 비현실적이고 공감하기 어려운 이야기일 거라 생각해요.

물론 저는 유명 인사도 아니고, 고난과 역경을 이겨낸 강한 의지와 정신력을 가진 사람도 아닙니다. 그저 방구석 삶을 열심히 살아가고 있는 집순이일뿐이에요. 그러니 은근한 유머에 피식하며 가볍게 읽어주시고, 괜찮아 보이는 내용만 골라 자기만의 방식으로 차용해보시길 희망합니다. 부디 여러분에게 위로가 되고 공감이 되는 책이 되길 바라며, 또 한 번 용기를 내봅니다.

Contents

2장 마음속 작은 씨앗 깨우기

1장

혹독한 한파 속에서

모두 정리했다고
생각했는데

2년간 운영하던 작은 가게를 정리했다.
모아둔 돈도 없고 건강하지도 않은 나는
순식간에 우울하고 무기력한 집순이가 됐다.

한해의 끝자락, 추운 겨울에 2년간 운영하던 작은 가게를 정리했다. 계절과 날씨에 따라 오르락내리락하는 수입과 주변 가게와의 경쟁, 그 와중에도 꼬박꼬박 돌아오는 월세 날은 나를 무척 힘들게 만들었다.

눈이 쏟아지고 바람이 불어 아무도 지나가지도 들어오지도 않는 가게 한구석. 혼자 가게에 우두커니 앉아 손님을 기다리며 불을 켜두고 있는 시간들. 모든 것에 지칠 대로 지쳐 있었다.

그런 와중에 어렵게 다음 세입자를 만났고 적게나마 권리금을 받을 수 있었다. 부랴부랴 세입자가 원하는 날에 맞춰 가게를 넘겼다. 그나마 다행이었다.

테이블

진열대

인테리어
소품

의자

액자

배

사과

대량으로 구입한
포장 용품이 가득

천, 포스터, 종이 제품이
담긴 박스

바닥 러그

급하게 가게를 넘겨줘야 하는 바람에 가족들이 모두 모였다. 하루 만에 엄청난 양의 집기와 재고를 포장한 뒤 집으로 가져왔다. 엘리베이터로 몇 번을 옮겼는지 모르겠다. 챙겨가기에 워낙 많은 양이다 보니 다른 사람들이라면 전부 버리거나 처분했겠지만, 나는 대다수가 손수 만들거나 고심해서 산 물건들이라 함부로 버릴 수도, 누구에게 팔수도 없었다.

집에 오니 저녁 시간이 훌쩍 지나 있었다. 테이프로 칭칭 감긴 짐들이 어쩐지 애물단지처럼 느껴져 눈에 보이지 않게 집 안 여기저기에 쑤셔 넣었다. 내 마음을 힘들게 했던 것들을 모두 다 털어내듯 한구석으로 치워두고는, 길었다면 길고 짧았다면 짧은 애증의 역사를 마무리했다.

나는 '끝'과 '정리'는 같은 의미라 생각했다. 힘들었던 시간을 정리한 만큼 다가오는 새해에는 좋은 일만 생길 거라고 전과 다른 한 해를 소망했다. 새롭고 더 좋은 곳에서 보란 듯이 성공하는 내 모습을 꿈꾸며 TV에서 울려 퍼지는 보신각 종소리를 들었다.

눈앞에 보이는 골칫거리들을 모두 정리해서 홀가분하다고 느낀 것도 잠시. 무슨 일이든 술술 풀릴 것이라 기대했건만 예상과는 다르게 가게를 그만둔 이후로 뜻대로 되는 일이 하나도 없었다. 일단 나를 구성하는 제일 기본인 몸부터 조금씩 나빠지기 시작했다.

먹고 자고 하다 보니
하루가 다 갔다

하... 지친다...

가게를 그만둔 즈음부터 이상하게 기운이 없어졌다. 약속이 있는 날에는 끌려나가듯 집을 나섰고, 볼일을 보고 집에 오면 온몸에 힘이 빠져 그대로 누워 자기 바빴다. 그렇게 먹을 걸 좋아하는 내가 밥도 먹지 않고, 입었던 옷도 벗지 않고 씻지도 않은 채 그대로 잤을 정도였다. 피곤에 절은 내 모습이 이상하다고 느낄 겨를도 없이 당연하게 받아들였다.

보통 내 하루는 이랬다. 엄마의 잔소리에 오전 11시쯤
겨우겨우 일어나거나, 엄마가 깨우지 않으면 1시고 2시고
3시고 끝없이 잤다. 일어나면 할 일 없이 빈둥대다가 밥을
먹었다. 배가 부르면 눕고 싶어지고, 누우면 잠이 쏟아졌
다. 중간중간 잠에서 깨어나 보려고 애쓰지만 나도 모르
는 새 잠들어버리곤 했다.

　　하루 종일 휴대폰으로 인터넷 서핑을 하거나 유튜브를
보고, 먹고 자는 반복된 하루를 보냈다. 그 외의 일들은
아무것도 하고 싶지 않았다. 목표도 재미도 희망도 없는
진공의 시간이었다.

이렇게 하루가 또 지나간다.

몸이 자주 아프긴 하지만
그래도 괜찮겠지

어느 순간 잔병치레도 잦아졌다. 가게를 정리한 바로 그 주에 열이 확 오르더니 감기몸살이 심하게 왔다. 의사 선생님이 독감을 의심할 정도로 열이 높았다.

가게를 하는 동안 아무리 덥거나 추워도, 컨디션이 좋지 않거나 정신없이 바빠도 어디 한 번 크게 아픈 적이 없었기 때문에 스스로 튼튼하고 (매우 많이) 건강한 사람이라고 생각했다. 그래서 단순히 '이번 감기가 참 독하구나' 하며 전처럼 시간이 지나면 알아서 낫겠지 싶었다.

그런데 웬걸, 감기는 병원에 다녀온 지 2주나 지나서야 나았다. 이후로도 건강은 그다지 좋지 않았다. 여전히 몸이 축 처지고, 피곤하고, 자도 자도 졸렸다.

주사 맞고 살 만해지자 먹는 생각부터 한다.

다음에는 귀와 목이 차례로 부어 병원에 가서 약을 먹었다. 입술은 약을 발라도 수백 개의 모래 알갱이가 붙은 것처럼 까끌까끌했고, 입술을 움직이거나 건드리지도 못해 고통의 나날을 보냈다. 어느 날은 다리 전체에 붉은 두드러기가 잔뜩 올라왔는데, 뜨거운 물로 샤워를 했더니 더 심하게 번져 피부과에 다녀오기도 했다.

몇 달 동안 자잘한 병치레가 계속됐지만, 그때까지만 해도 별생각이 없었다. 단순하게 '별별 증상을 다 겪네?' 하며 지나가는 해프닝 정도로 가볍게 넘겼다. 항상 건강했던지라 아플 수도 있다는 생각은 전혀 하지 못한 것이다. 아픈 와중에도 왕성한 식욕으로 잘 먹기도 했고, 집에서 쉬는 날도 많았기 때문에 더더욱 그렇게 생각했던 것 같다.

지금 이 나이에
대상 포진이라니

2년간의 수입을 정산해보니 번 게 거의 없었다. 들어왔다 나갔다 한 금액은 많았던 것 같은데 2년 전과 달라진 것 하나 없는 형편이었다. '아, 2년 동안 월세만 갖다 바쳤구나' 싶은 생각이 절로 들었다.

빈 시간이 많아지고 할 일이 없어지자 뭐라도 해야겠다 싶어 개인 과외를 시작했다. 용돈벌이 정도였는데, 하루에 과외 하나 있는 것도 나에게는 버거운 일처럼 느껴졌다.

과외가 있는 날에는 일부러 알람을 여러 개 맞췄다. 알람 소리가 몇 번이나 울리고서야 힘겹게 일어났다. 돈을 받는 일이니 그래야만 했다. 온정신을 집중해 수업을 하고 집으로 돌아오면 그대로 가방을 내팽개치고 누워 잠들었다. 만성피로는 가시지 않았고, 몸은 아프다 말다를 반복했다. 엎친 데 덮친 격으로 무기력증은 날로 심해졌다. 정신없이 살다 보니 어느새 봄이 됐다.

무기력과는 별개로 생활은 지속해야 하니 용돈벌이라도 계속 해야만 했다. 그런데 몸이 따라주지 않았다. 움직일 때마다 옷에 쓸리면서 배 쪽이 따끔거렸고, 콕콕 찔리는 듯한 느낌이 무척 신경 쓰였다. 처음에는 옷이 까끌까끌해서 그런가 싶었다. 아니면 몸이 건조해서 그런 게 아닐까 싶어 목욕을 하고 나면 로션을 잔뜩 바르곤 했다.

어느 날은 배는 괜찮은데 가슴 쪽이 간지러워 나도 모르게 북북 긁었는데 긁은 부위에 붉은 얼룩들이 크게 번져나가기 시작했다.

좀 긁었다고 이렇게 돼 ??

자체 모자이크

그제야 병원에 가니 '대상 포진'이라는 진단을 받았다. 대상 포진은 몸속에 잠복해 있는 수두-대상 포진 바이러스가 몸이 약해지거나 다른 질환으로 생채 내 면역기능이 떨어져 있을 때 활성화되면서 발생하는 질병이다. 보통 면역기능이 떨어진 60세 이상의 사람에게서 자주 발병되지만, 젊은 사람에게도 드물게 발생한다고 한다. 그래도 '이 나이에 대상 포진이라니?' 싶어 조금 얼떨떨했다.

병원 두 군데를 더 가보고 나서야 대상 포진임을 인정하고 치료를 받았다. 옷 한쪽을 벗어 이 사람 저 사람에게 가슴을 보이고, 가슴 한쪽을 드러낸 채로 치료실에서 레이저를 쬐며 멍하니 천장만 바라봤다. 치료가 끝나기를 기다리는 내내 이상하고 묘한 감정이 들었다.

멍—

치료를 받으며 낯선 천장을 보고
멍하니 누워 있었다.
가슴을 내보인 창피함과,
이런 상태로 있는 것에 대한
얼떨떨함이 한데 섞여
오묘한 감정을 느꼈다.
아마도 나는 그때의 나를
인정하지 못했던 것 같다.

의사 선생님은 "약 먹고 레이저 치료받으면서 스트레스 받지 말고 푹 쉬세요"라고 말했다.

네? 이미 아무것도 안 하고 집에서 쉬고 있는 백수인데…
충분히 놀고먹고 하고 있는데 여기서 더 쉬라니.
더 이상 어떻게 더 쉬라는 거죠?

대상 포진으로 드는 병원비는 만만치 않았다. 비싼 피부과 레이저 치료는 몇 번 받다가 약만 처방해주는 내과 병원으로 옮겼다. 대상 포진은 초반에 잘 치료하지 않으면 피곤할 때마다 올라올 수 있다고 했다. 치료비도 무시할 수 없고 재발도 무서우니, 어떻게든 빨리 나으려고 집에서 아무것도 하지 않고 정말 가만히 누워만 있었다.

그나마 백수여서 푹 쉴 수 있으니

다행으로 여겨야 할까?

아니면 백수가 된 이후부터 몸이 아프기 시작했으니

반대로 생각해야 하는 걸까?

모두들 누군가와 함께 즐거운 마음으로 외출하는 꽃 피
는 봄날. 나는 시간, 날씨 개념을 모두 잊은 채 혼자 방 안
에 누워 아무것도 하지 않고 말 그대로 '그냥' 있었다. 겨
우 숨만 쉬고, 밥만 먹고, 잠만 자면서.

저품질의 마음이
와르르 무너진 순간

　　대상 포진에 걸리고 난 뒤에는 '이제부터 진짜 몸 관리 잘해야지!', '절대 스트레스받지 말아야지!'라고 다짐했지만, 한편으로는 이런 생각을 했다. 내가 내 몸을 혹사시킨 적도 없고, 스스로 스트레스받고 있다고도 생각하지 않는다고. 그렇게 강하게 믿으면서도, '선생님이 몸 관리를 해야 한다고 했으니 그 말에 따라야지'라는 단순한 이유로 나에게 건강 챙기라고 기계적으로 명령을 해댔다.

　　심한 대상 포진은 아니어서 다행히 쉬는 동안 약도 먹고 연고도 바르니 조금씩 증상이 나아졌다. 대상 포진 증세가 호전되면서 무기력한 느낌도 점점 사라지고 기분도 훨씬 좋아졌다.

퍽

전부 다 좋아졌다고 생각했던 여름, 한 번 더 바이러스 감염 진단을 받았다. 버티고 버텼던 저품질의 마음이 순식간에 와르르 무너졌다.

죽을 정도의 고통은 아니기 때문에 이 글을 쓰면서도 몇 번이나 이에 대한 기록을 남겨도 될지 고민했다. 정말 큰 병으로 힘들어하는 분들이 보면 한심하게 생각하지 않을까 걱정도 됐다. 하지만 평소 아픈 적이 없던 나에게 몇 달 새 여러 일이 한꺼번에 생긴 것인 만큼 온전한 일상을 보내기가 힘들었다.

몸에 활력을 잃고 유리멘탈마저 깨져버렸다. 여름이 끝나갈 때까지 몸과 마음이 계속 아픈 채로 있었다. 몸이 아파서 정신적으로 쇠약해진 건지, 정신적으로 힘들어서 몸도 따라 아파진 건지 모를 정도로.

똑

우연처럼 가게를 그만둔 시기에 감정을 괴롭히던 관계마저 끝이 났다. 정말이지, 너무도 쉽게 끝나버렸다. 애정하면서도 나를 힘들게 했던 가게를 누군가에게 곧바로 넘긴 것처럼, 그토록 마음을 괴롭혔던 관계도 손을 놓으니금세 사라져버리고 말았다. 나도 모르는 작은 미련이 남아있을 줄 알았지만, 신기하게도 조였던 무언가가 사르륵 풀어진 듯 마음이 편해졌다. 잘도 흘리던 그 흔한 눈물도 나지 않았다. 그동안 왜 그렇게 힘들었나 싶을 정도로 싱거운 이별이었다.

답답하고 힘든 시간을 보내며 얼빠진 사람처럼 멍하게만 지내다가, 마지막 바이러스 진단을 받고는 마음 깊숙한 곳에 봉인된 감정이 결국 '뻥' 하고 터져버렸다. 상상 이상으로 몸에 많은 문제가 생기니 담담하려고 애써 눌러놨던 온갖 감정들이 마음속에서 주체할 수 없을 정도로 밀려 올라왔다. 잊으려 했던 관계에 대해서도 슬픔이나 미련이 아닌, 상대에 대한 증오와 나에 대한 질책이 심장을 내리치기 시작했다.

새해가 되면

좋은 일들만 펼쳐질 거라고 생각했는데.

고민거리였던 가게도, 관계도 모두 깔끔하게 정리했으니

더 멋진 내가 되어 보란 듯이 잘살 거라 호언장담했는데.

아직도 아무런 시작도, 발전도 하지 못한 채

그저 이렇게 무기력하게 시간을 보내고 있다니…

점점 소원해지는 관계,
불행과 가까워지는 나

　새해가 되면 새로운 곳에서 가게를 재오픈하려고 했다. 저렴한 곳으로 알아보다가 마음에 드는 가게를 찾아 계약금까지 오갔지만 결국 엎어졌다. 여기저기 가게를 알아보고 주저하는 사이 그 주변 상권이 급격하게 변하면서 반년 사이에 내가 도저히 낼 수 없는 금액대로 자릿세가 올라버렸다.

　'가게 재오픈'이 현실적으로 불가능한 일이 되자 무엇을 해야 할지 도통 답을 찾을 수가 없었다. 거기다 한여름 무더위 탓인지 과외 문의도 없었다. 한두 달 동안 과외가 하나도 들어오지 않았다. 혹시 몰라 해지 신청을 하지 않은 카드 단말기 대여료와 가게 인터넷비, 휴대폰비, 생활비, 그동안 다닌 병원비까지 돈이 줄줄 빠져나가면서 금전적으로 무척 힘들어졌다. 버는 돈이 없으니 통장에서 숫자가 줄어드는 건 한순간이었다.

몸도 아프고 마음속도 우울한데 돈까지 없는 '최악의 상황'이었다. 일부러 웃으려고 얼굴 근육을 움직여도 미소가 지어지지 않았다. 솔직한 심정으로는 누군가에게 도움을 요청하고 싶을 정도로 상황이 절박했다. 하지만 어느 누구에게도 이런 초라한 상황을 말하거나 들키고 싶지 않았다. 그래서 가끔 오는 안부 연락에 '잘 지내는 척', '바쁜 척', '더 좋은 미래를 계획하고 있는 척'했다.

약속과 만남을 미루기도 했다. 상황이 상황인지라, 누군가를 만나도 즐거울 수가 없었다. 즐겁자고 모인 자리에서 내가 겪고 있는 일들을 말하기도 힘들고, 지인들의 행복한 근황을 들으며 맞장구쳐주는 일도 고통스러웠다.

나이가 한두 살 먹어갈수록 사람들과 고급스러운 레스토랑, 술집, 카페 같은 곳에서 주로 만나게 됐다. 한 번 나가서 돈을 쓰고 오면 일주일은 아무 데도 가지 않고 돈을 절약해야 할 정도로 비용이 많이 들었다. 자연스레 사람들과 연락도 잘 하지 않게 되고 만나지도 않게 되면서 몇 없는 주변 사람들과 점점 멀어졌고, 대부분의 시간을 혼자 보내게 됐다.

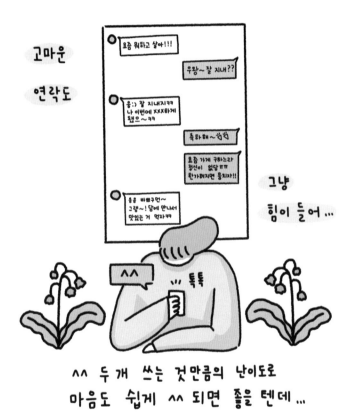

^^ 두개 쓰는 것만큼의 난이도로
마음도 쉽게 ^^ 되면 좋을 텐데...

카카오톡이나 인스타그램을 보면 모두들 잘 먹고 잘 사는 것처럼 즐겁고 행복해 보였다. 그런 모습들을 보면서 '나는 왜 이런 거지? 나만 불행한 걸까?' 하는 생각에 짜증이 나고 화가 났다. 창피하지만 그 사람들에게 질투도 났다. 비참한 마음이 들어서 참을 수가 없었다.

10년 전, 5년 전 나와 비슷했던 사람들도 어느새 자리를 잡고 짝을 만나 행복을 찾아갔다. 창 너머 보이는 사람들 역시 앞을 향해 나아가는데, 어째서 나는 왜 10년 전 모습 그대로 멈춰버린 걸까. 앞으로 가지도 못하고 뭘 해야 하는지, 어디로 가야 하는지, 어떻게 살아야 하는지, 내가 생각하고 있는 게 과연 정답인지조차 알 수 없었다.

인생의 클로징을
생각하다

혼자 끙끙대며 힘들어하고 있을 때 엄마에게도 우울증이 찾아왔다. 목소리에 항상 짜증이 묻어났다. 무슨 말을 해도 꼬투리를 잡아 짜증내고 소리를 지르며 화내다가, 마지막에는 눈물을 터뜨렸다. 새벽부터 일어나 멍하니 앉아 있다 대뜸 울기도 하고, 하루 종일 침대에 누워서 땅이 꺼지도록 한숨을 쉬었다.

이 모든 게 꼭 내 탓 같았다. 우울할 때면 엄마는 가족들에게 불만을 표출하곤 했는데, 언제나 그 중심에는 내가 있었다. 없는 살림에 대학을 보내고 가게까지 도와줬는데, 갑자기 그림을 그리겠다면서 고정 수입도 없이 집에만 처박혀 있으니, 엄마 기준에서 나는 항상 모자란 자식이었을 것이다.

그러다 보니 엄마와 마주하는 게 조금씩 힘들어졌다. 엄마의 흔들리는 눈동자가 나를 향할 때면 심장이 옥죄여오는 것만 같아, 나도 모르게 자꾸 눈치를 보게 되고 숨소리를 내는 것조차 죄스러웠다. 엄마의 비위를 맞추려 이것저것 해봐도, 밥벌이도 못하는 내 존재가 그저 하찮게 느껴졌다.

엄마가 우울해하고 있는 상황에서 나까지 힘든 티를 낼 수는 없으니, 최대한 엄마 앞에서는 밝은 척을 해보려 노력했다. "엄마, 딸 못 믿어?"라고 괜히 큰소리를 치며 걱정하지 말라고 호언장담했다. '내가 뭐라고, 나는 힘들 자격도 없어'라는 생각에 일부러 좋은 선물을 해드리고 비싼 외식도 하며 얼마 남지 않은 돈을 마구 썼다.

사실은 이렇게 태어난 것도, 살아있는 것도 싫은데.
나도 누군가에게 화내고 맘껏 울고도 싶은데…
탓할 사람이라도 있으면 좋을 텐데…

모두가 잠든 새벽, 초침 소리가 조용한 집 안을 가득 메우며 무겁게 내려앉았다. 더디게 흘러가는 시간 속에서 아무것도 하지 않고 누워만 있는 침대가 마치 무덤처럼 느껴졌다.

모두 다 타고 남은 자리에 그을음 같았던 날들이었다. 아무런 희망도, 꿈도, 의지도 생기지 않았다. 이대로 잠든 채 생이 끝나도 괜찮을 것만 같았다. 이 엉망진창인 생을 끝내는 것이 유일한 답 아닐까? 내 죽음에 슬퍼할 사람들도 있겠지만, 시간이 지나고 나면 자연스레 모두 잊고 자기 삶을 살아가기 바쁠 것이다.

푹푹 찌던 여름, 끝없는 고통을 이제 정리하고 싶었다. 아무리 찾아도 살아갈 이유가 없으니, 이 선택이 내가 할 수 있는 최선이라고 생각했다. 그런데 다짐을 하는 순간 심장이 쿵쾅쿵쾅 뛰기 시작했다. 어떤 이유로 '죽고 싶다'가 아니라 '당장 죽어야겠다'는 확신이 들자 삶의 마지막 순간을 눈앞에서 목격한 것처럼 무서워졌다. 정말로, 무서웠다.

우울과 무기력의 늪에서
나오기로 마음먹다

다시 1월. 나는 살아있다. 숨을 쉬고 밥을 먹는다. 살아 있다는 현실감이 느껴진다. 아직도 별 볼 일 없는 삶을 견 디고 있지만, 끝나지 않을 것만 같았던 굴레에서 아주 조 금 벗어났다. 그런 나 자신을 칭찬해주고 싶다.

인생이란 '프라이팬'에 우울이라는 '그을음'이 생겼다. 그 그을음이 너무 심해서 프라이팬을 통째로 갖다 버리려 했다. 쓰레기통 앞까지 갔다가 다시 가지고 돌아와 지금까 지 함께하고 있다. 우울감과 무기력함이 깨끗하게 없어지 지는 않았지만, 우선은 이 모습이 '나'라는 사실을 인정하 고 살아가려 하고 있다. 삶의 끝에 매달려 위태로웠던 순 간은 다행히 지나간 듯하다.

왜 이런 미치고 팔짝 뛸 것 같은 상태가 계속되는 걸까?

　과거를 돌아보면서 내면의 문제인지 살폈다. 그게 아니라면 지금 내 상황과 감정에 영향을 주는 사람들과의 관계에서 원인을 찾고자 했다. 그래야 해결책을 찾고 현재의 상태에서 벗어날 수 있을 것이라 생각했다.

　몸이 아파서 우울한 걸까, 우울해서 무기력한 걸까. 무기력해서 아무것도 못하니, 미래가 보이지 않아 우울한 걸까. 누워만 있다 보니 몸이 아파진 걸까. 어디서부터 잘못된 것인지 무엇도 판단할 수 없었다. 지금 이대로는 온전한 생각을 할 수 없으니, 우선 내가 할 수 있는 것들부터 해보기로 마음먹었다.

신체 기능과 면역력이 저하돼서 → 우울하다. → 우울해서 → 무기력하다.

아무것도 하지 못하겠다. 사는 데 목표도 희망도 없어

우울하다. ← 우울하고 무기력해 누워만 있다 보니 ← 몸이 아프다.

Body

Mind

Gloomy

어디서부터 잘못된 걸까...

가장 확실하고 좋은 방법은 병원에 가거나 심리 상담을 받는 것이지만 선뜻 용기가 나지 않았다. 요즘 정신과를 다니는 사람이나 상담 후기가 많아져서 거부감은 많이 줄었지만, 사실 그보다 금전적인 문제가 가장 큰 걸림돌이었다. 고정 수입이 없는 상태에서 돈이 계속해서 나가고, 더욱이 심리 상담을 받으면 한 번으로 끝나는 게 아니라 여러 번 받아야 할 텐데, 그러면 얼마가 들지 모르니 부담스러웠다. 살아가려는 의지를 다잡으면서도 돈은 아까웠나 보다.

'병원에서 상담을 받는다고 해서 과연 이 우울함을 해결할 수 있을까?'라는 의문도 있었다. 고등학교 때 힘든 마음에 학교에 있는 상담실을 찾아갔는데, 상담 선생님(겸 가정 선생님)이 공감은커녕 무성의한 태도로 형식적인 이야기만 늘어놓았던 적이 있다. 이런 기억들로 인해 무의식중에 상담에 대한 불신을 가진 듯하다. 게다가 상담을 받다 보면 꽁꽁 덮어뒀던, 잊은 척하며 살아왔던 내 안의 깊고 어두운 경험과 감정이 내 말을 타고 스멀스멀 기어 나와 오히려 나를 더 괴롭힐까 봐 무섭고 두려웠다.

내 마음속 깊은 상처를
밖으로 꺼내 보일
용기가 나지 않았어.

그래도 이왕 마음먹었으니 '한 번만 나를 변화시켜보자'라고 굳게 다짐했다. 그렇게 했는데도 호전되지 않으면 어차피 죽으면 쓰지도 못할 돈, 그나마 해결 가능성이 있는 심리 상담에 쓰자고 결심했다.

먼저 내 행동, 내 주변부터 기존과 반대로 바꿔보기 시작했다. 하나하나 바꿔나가면서 앞으로 나아가지 못하게 발목을 잡아끌던 진흙탕에서 조금씩 빠져나왔다. 어느새 진흙탕도 점점 흙탕물 정도로 농도가 옅어졌다.

아 ────

바람이 시원하다.

아, 세상이 이렇게 평온했었구나.
바람이 이렇게 시원한 거였구나.

이제야 보이지 않던 주변이 눈에 들어왔고
한결 마음이 편안해졌다.
진흙탕 속에 파묻혀 있을 때는
한 번도 느껴보지 못한 일상의 감사함이었다.

2장

마음속 작은 씨앗 깨우기

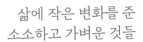

삶에 작은 변화를 준
소소하고 가벼운 것들

"긍정적인 생각이 안 들어요.
이럴 때는 어떻게 해야 하나요?"

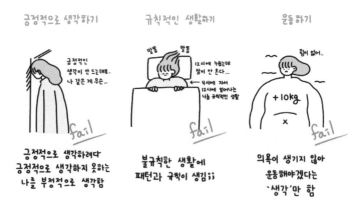

답답한 마음에 지금 당장 내가 할 수 있는 무언가를 찾고 싶었다. "긍정적으로 생각하세요", "규칙적으로 생활하세요", "운동을 하세요" 등 책이나 인터넷에서 항상 보고 듣는 이런 말들은 무기력함의 끝에 있는 나에게 아무런 도움이 되지 않았다. 도리어 나를 부정적으로 평가하고 내 삶을 내버려두게 했다.

긍정적으로 생각하려고 해도 긍정적인 생각이 안 들어.
규칙적으로 생활하려고 해도 일찍 일어날 수가 없어.
운동하고 싶어도 기운이 없고 힘들어서 못 하겠어.
와, 나 정말 의지도 없고 게으르네.
인생 낙오자가 아닐까? 망할!

총체적 난국이었다. 지금 상황에서 실질적으로 내가 따라 해볼 수 있는 방법은 거의 없었다. 얼른 문제를 해결하고 싶은 마음에 빠른 시간 내 성과를 볼 수 있는 방법을 주로 찾다 보니, 복잡하고 진지하고 따분해 보이는 것은 애초에 눈에 들어오지도 않았다.

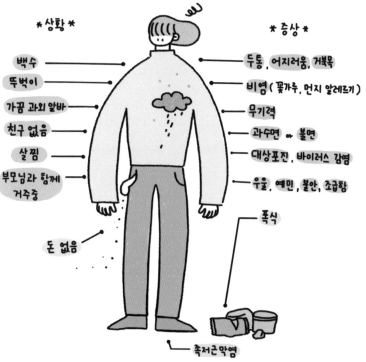

나의 상태 설명서

상황

백수

뚝벅이

가끔 과외 알바

친구 없음

살찜

부모님과 함께 거주중

돈 없음

증상

두통, 어지러움, 거북목

비염 (꽃가루, 먼지 알레르기)

무기력

과수면 ↔ 불면

대상포진, 바이러스 감염

우울, 예민, 불안, 조급함

폭식

족저근막염

해외여행이나 백화점에서 물건을 왕창 사는 일처럼, 기분 전환에 도움이 되는 소비와 일탈은 당시 자금으로는 꿈도 꾸지 못했다. 누군가에게 고민을 털어놓는 것도 좋은 방법일 테지만, 외향적인 성격도 아닌 데다 친구들과 만나도 하루 동안 얼마를 썼는지에 대한 걱정이 계속 들어 만나는 것 자체가 부담스러웠다.

사실 속 깊은 이야기를 나눌 상대도 딱히 없었다. 이야기를 꺼내면 상대가 부담스러워하지 않을까 하는 생각도 들고, 우울한 사람으로 기억되고도 싶지 않았다. 그날의 분위기를 망치고 싶지 않아서 아무렇지 않은 척하기도 했다. 무엇보다 그런 이야기를 털어놓기에는 내 온갖 감정들이 마른 콩알을 분쇄기로 가는 듯 이리저리 튕기며 회오리쳤다. 휘몰아치는 감정 소용돌이에서 부스러지는 콩알들을 잡아채 누군가에게 보여줄 자신이 없었다.

　그나마 내가 할 수 있는 일은 일상에서 최대한 합리적인 비용으로 일상에 변화를 주는 것이었다. 가격이 평균보다 싸고 품질도 나쁘지 않은 것들을 구매해 나름 기분 전환을 했다. 정말 소소하기 짝이 없지만, 내게는 별거 아닌 하루들을 살아낼 수 있도록 도와준 의미 있고 소중한 것들이다. 싱겁고 가볍고 사소한 것들이 내 하루를, 나를 바꿔나갔다.

'나도 정말 힘들었어. 그래서 이렇게 해봤는데, 너희는 어때? 어떻게 버티고 있어?'

나와 비슷한 힘듦을 겪고 있는 사람들에게 이런 말을 넌지시 건네고 싶다. 모든 세상 사람들이 눈에 보이는 것처럼 마냥 즐겁고 활기차고 행복하고 바쁘게 지내지만은 않는다고, 우리도 다시 일어나서 행복해지자고 토닥여주고 싶다.

물론 내가 해본 일들이 누구에게나 효과적인, 우울과 무기력을 이겨낼 수 있는 완벽한 해결책은 아니다. 누군가는 '대체 왜 이런 걸 쓰는 거지?', '뭘 이런 것까지 적어?', '별걸 다 아끼고 궁상떠네'라고 생각할지 모르겠지만, '너만 그런 게 아니야, 나도 그래'라는 공감을 얻거나, '어? 이건 몰랐던 건데 한번 따라 해볼까?'라며 자신의 삶에 아주 작은 변화를 만들어가려는 사람도 분명 있을 것이다. 브라를 벗고 자도 된다는 것을 몰랐다가 이제야 신세계를 만난 나처럼.

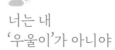

너는 내
'우울이'가 아니야

내가 인지하고, 경험과 생각의 파편이 모여
만들어진 '우울이'

'우울이'는 나를 공격하는 모난 것들에 상처받는 내가 불쌍해서 만든 마음속 인물이자, 유년시절과 청소년기를 지나 성인이 된 지금까지 함께하고 있는 오랜 친구다. 우울하고 죽고 싶어도 미래의 나에게 '멋지게 성장한 나'를 선물해주자는 생각으로 '우울이'를 열심히 보살폈다.

　'우울이'가 정말 지긋지긋했지만 어쩐지 싫지만은 않았다. 경험과 생각의 파편, 의지를 합친 내 일부분이나 마찬가지였으니까. 무엇보다 내 안에서 떠도는 감정들을 한 곳으로 모아주고, 나를 힘들게 하는 것들이 무엇인지 선명하고 자세하게 보여주는 고마운 존재였다.

내 판단과 생각 없이
나를 지배하는 '그냥 우울'

그런데 이번 우울은 이상했다. '우울이'가 맞나 싶을 정도로 내 판단과 생각을 방해했다. 찾아온 이유도 알려주지 않은 채 나를 깔고 앉아 숨도 쉬지 못하게 했다. 이 고통이 영원히 지속된다면 그냥 죽는 게 나을 것 같았다.

　한참이나 이 우울이 원래 내 안에 있던 '우울이'라고 생각했다. 나도 모르는 새 훌쩍 커버린 줄 알고, 어르고 달래면 사라지겠지 싶었다. 하지만 아무리 애정 있게 돌봐도 사라지기는커녕 몸집이 점점 더 커져갔고 계속해서 나를 괴롭혔다.

그냥 우울

내 우울이

난 내 '우울이'가 못 본 새 살이 찐 줄 알았지..

'이번 우울은 내 우울이가 아니야! 이번에 처음으로 나한테 온 것뿐이지, 내 것이 아니야. 그러니 더 이상 애정을 갖고 돌보거나 고민하지 말자.'

이렇게 생각하니 마음이 좀 편해졌다. 새롭게 찾아온 우울에게서 빠져나오기 위해 두 손으로 열심히 밀쳐냈고 내구역에서 멀리멀리 떨어뜨렸다. 그렇게 우울은 떠나갔다. 그리고 내 '우울이'는 여전히 내 안에 자리 잡고 있다. '우울이'의 크기가 커지려고 할 때마다 잘 어르고 달래면서 보살피는 중이다.

우울에도 여러 성질이 있으니 주의하자. 경험에서 비롯된 우울이 있고, 몸과 기력이 약해졌을 때 감정과 붙어 자기 몸뚱이를 불리고 나를 잡아먹는 우울이 있다. 이런 우울은 이유도 없이 생기기 때문에 이해할 필요도, 어르고 달래며 동정할 필요도 없다.

이 우울을 몰아내기 위해서는 힘을 키워야 한다.

건강해져야 한다.

그러려면 우선 일어나야 한다.

침대와 한 몸이 된 나를 내 의지로 일으켜 세워야 한다.

일어나는 시간을
조금씩 앞당겨보자

아침 일찍 일어나면 가장 좋다고 하는데, 나는 일어나 봤자 할 일도 계획도 약속도 없는 백수였다. 잠이 깨도 그냥 누워 있었다. 누워 있으면서도 사실 마음속으로는 어느 정도 알고 있었다. 졸려서가 아니라 아침에 일어나도 할 일이 없어서 계속 잠에 취해 있고 싶었다는 것을.

일을 다닐 때 알람 소리를 듣는 게 너무 싫었다. 한 음절만 울려도 짜증이 났다. 그래서 백수가 되자마자 한 일은 알람을 삭제하고 잠에서 깨고 싶을 때까지 자다가 일어나는 것이었다. 허리가 아플 때까지 자고 오후 3시쯤 일어나는 생활을 반복하다 보니, '더 이상 내 몸은 잠을 원하지 않는구나'라는 생각이 들었다.

1) 휴대폰을 활용해 일어나기 (feat. 유튜브는 내 친구)

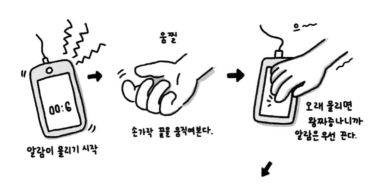

알람이 울리기 시작

움찔
손가락 끝을 움직여본다.

으~
오래 울리면 왕짜증나니까 알람은 우선 끈다.

이때 휴대폰에서 **손을 떼지 않고** 그대로 집어 든다.

오, 새로 올라온 강아지 영상
비룡사웅
관심 분야 영상을 틀어놓은 채로 옆에 두고서 다시 눈을 감는다.

힐끔
깡 깔
멍 멍
뭔데 웃지?
내용이 궁금하다.. 힐끔힐끔 본다. 조금씩 정신이 들기 시작한다.

힘들어도 오전에 일어나면 오히려 오후에 덜 피곤했다. 밤에는 좀 더 일찍 잘 수 있었다. 그런 사실을 알고 있음에도 피곤과 잠에 절어 있으면 도저히 일어날 수 없었다. 아니, 아예 일어나지 못했다. 일어나는 것 자체가 큰 도전이고 나와의 싸움이었다. 일찍 일어나야겠다는 생각을 하면서도 자꾸만 눕고 싶고 눈을 뜰 수 없었다.

악순환의 고리를 조금씩 느슨하게 하여 끊어야겠다고 생각했다. 일단 평소 일어나는 시간보다 30분 일찍 깨려고 노력했다. 알람을 듣고도 정신을 차린 채로 눈만 뜨고 있어도 '다시 안 잔 게 어디야' 하면서 스스로를 칭찬했다. 처음에는 알람 하나를 맞췄는데, 일어나기가 쉽지 않아 10분 간격으로 두 개를 더 맞췄다.

잠에서 깨어나기 위해 약간 비몽사몽 한 채로 휴대폰으로 시간을 보고, 손을 움직여 실시간 검색어를 살핀다. 그러다 불편한 자세로 바꿔 누워 내가 관심 있는 뭔가를 켜두고 듣기만 한다. 듣다 보면 무슨 내용인지 궁금해져 실눈으로 슬쩍슬쩍 보게 된다. 정신이 조금씩 들면 눈에 힘을 주고 뜬다. 어느새 침대에서 일어나야 할 시간이다.

2) 조금씩 자세 바꾸기

① OTL 자세

정신이 조금 듦

옆으로 비스듬히 누워 발을 침대 밖으로 뺀다.

무릎을 땅에 붙이고 몸 절반을 침대 밖으로 꺼내본다.

무릎이 아파 일어난다.

② 매트릭스 자세

정신이 조금 듦

위를 보고 누운 상태에서 다리를 밖으로 꺼내 바닥 가까이 둔다.

허리가 아파온다. 몸을 일으켜 다리를 땅에 붙이고 앉는다.

힘을 주고 일어난다.

침대 밖으로 **발을 빼서**
공중에 다리를 올리고 있는 게 가장 효과가 좋았다.

30분, 1시간, 1시간 30분, 이렇게 조금씩 일찍 일어나려고 노력하다 보니, 아침 일찍 일어나지는 못하더라도 내 의지로 일어나는 시간을 점차 앞당길 수는 있었다. 지금은 9시에서 9시 반 정도에 일어나려고 한다. 가끔 일찍 자면 8시에 눈이 떠지기도 한다. 피곤한 날에는 보통 10시 넘어서 일어나는데, 그런 날은 '그냥 그럴 수도 있는 날'이라고 생각하고 다음 날 다시 '일찍 일어나기'를 도전했다.

　일어나면 할 일이 없다거나, 겨울이면 이불 밖은 춥다는 이유로 다시 침대에 눕곤 했다. 이제는 일어나서 해야 할 몇 가지 일들을 정해두고 순서대로 몸을 움직인다. 하루아침에 생활 패턴을 완벽하게 바꾸겠다는 생각은 일찌감치 버렸다.

3) 눈 마사지

움찔

손을 움직이고 영상을 봤는데도
눈이 안 떠지면

눈과 눈썹을 마사지한다.

화살표 방향으로 쓸고 지그시 눌러준다.
(절대 강하게 누르거나 찌르면 X)

그래도 졸려
눈이 안 떠져, 더 잘래..

그렇다면.. 마지막 마사지로 넘어간다...

바로.. 눈 강제 오픈!

손으로 눈을 벌려

1초만이라도 뜨게 만든다.

생각보다 효과 굿!
과장되게 표현했지만
현실에선 눈두덩이만 살짝~

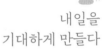

내일을
기대하게 만들다

폭식과 야식으로 얼룩진 새벽에서 벗어나기

배가 고프다 했더니..

꼭 12시가 가까워지면
출출해지고 식욕도 폭발한다.

새벽에 몰래 주방을 도둑질하거나
편의점에 갔다 오기를 반복한다.

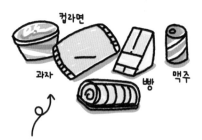

이제는 아예 먹을 걸 생각해서
미리 사 온 뒤 새벽에 홀린 듯 흡입한다.

그렇게 먹고 나면 오는 현타와 자책...

그 와중에 먹고 나면 또 포만감에 졸린다.
하지만 시간은 이미 4시~5시...

늦잠을 자고 일어나면

얼굴과 눈은 땡땡 붓고 몸은 무거운 데다
속은 더부룩하면서 쓰렸다.

나와의 약속!

10시

10시 이후에 야식 금지!

대신,

새벽에 먹던
그때 그 존맛까지는
아니네?

우걱

우걱

배가 고프지 않아도
저녁시간에
치킨이든 밥이든
뭐든 든든히 먹는다.

다이어트가 목적이 아니라
일찍 일어나고 일찍 자기 위한
야식 끊기에 집중했다.

앞서 썼던 방법은 '당장 일어나는 방법'에 대한 것이라면, 다음은 '배고픔을 이용한 방법'이다. '아침에 배가 고파서 일어난다'라는 지극히 원초적인 동기를 불러일으키기 위해 전날 저녁부터 몸의 리듬을 바꿨다.

주로 한두 시쯤 일어나 아침 겸 점심으로 이것저것 한꺼번에 많이 먹었다. 움직이지 못할 정도로 배불리 먹은 뒤 잠깐 낮잠을 자고 나면 저녁 6시가 됐다. 막상 그때는 배가 하나도 고프지 않아서 저녁을 조금 먹거나 안 먹는다. 그러면 꼭 모두가 잠든 늦은 밤에 배가 미친 듯이 고파왔고, 이때를 놓칠세라 폭식을 했다.

주방에 소리 없이 몰래 들어가 저녁에 먹었던 잔반을 뒤지다가 먹을 게 없으면 조용히 편의점에서 먹을 것들을 사 와 뭔가에 홀린 사람처럼 허겁지겁 먹어치웠다. 입에 들어오는 음식이 주는 쾌락은 마약처럼 굉장했다. 머릿속으로는 '지금 먹으면 살 진짜 많이 찔 텐데. 소화시키고 자려면 또 늦게 자야 하는데'라고 생각하면서도 손과 입은 계속 음식을 향했다. 다 먹어버리고 나서야 자책하기 일쑤였다. 하지만 배가 부르고 나면 무슨 일이 있었냐는 듯 얼마 지나지 않아 잠이 쏟아졌다.

이런 날이 계속되자 죄책감은 사라지고 새벽마다 광란의 간식 타임을 즐기게 됐다. 자연스레 새벽 5시가 돼서야 잠이 들었다. 먹고 두세 시간도 안 돼서 자다 보니 얼굴과 눈은 땡땡 붓고, 몸은 돌덩이를 얹은 듯 무거웠으며, 속은 더부룩하고 쓰렸다.

이제 광란의 폭식을 멈추자.
야식을 많이 먹어서 몸이 망가질 바에는,
저녁을 든든히 먹어두고
새벽에 먹는 일이 없게 일찍 자버리자!

예전에는 야식 때문에 살이 찌면 그날부터 "다이어트 시작!"이라고 여기저기에 붙여놓고 먹는 양도 확 줄었다. 저녁은 아예 먹지 않았다. 처음 일주일은 항상 어찌어찌 잘 지켰는데, 일주일만 지나면 의지가 점점 약해졌다. 자려고 누우면 배가 고프고, 고프다 못해 속이 쓰리고 잠도 오지 않았다. 결국 새벽 3시, 4시쯤에 뛰쳐나와 폭식을 했다. 도로 살이 찌면서 다이어트는 매번 실패로 끝났다.

이번에는 다이어트보다 야식 습관을 고치겠다는 마음으로 저녁마다 밥을 든든히 먹었다. 가족들과 식탁에 앉아 고기반찬에 기름진 음식을 먹고, 배불리 먹었으면 일어나 딴짓을 하거나 물을 마셨다. 저녁을 먹고 나면 폭식을 하고 나서 느꼈던 속이 부대끼는 느낌이 전혀 없었고, 밤 9시, 10시가 돼도 배가 고프지 않았다. 습관처럼 주전부리를 찾아도 집에 있는 요거트나 과일, 토마토, 오이 같은 가벼운 음식을 먹었다. 아예 안 먹으면 혹시 새벽에 또 폭식할지도 몰라 간단한 거라도 먹고 배를 채우고자 했다.

백수에 집순이인 나에게 오늘이나 내일이나 크게 다를 것이 없어서, 자고 일어나도 또다시 의미 없는 내일을 보내야 한다는 사실에 때때로 숨이 막힐 정도로 답답했다. 하지만 이제는 아니다. 요즘은 내일이 기다려진다! 자기 전에 내일 점심으로 뭘 먹으면 좋을지 고민하고, '오늘밤만 참으면 내일 맛있는 점심을 맘껏 먹을 수 있다'라는 행복한 상상을 하면서 잠든다.

"오늘 충동적으로 과자를 사 왔지만 먹지 않았어, 대단해! 내일 일어나서 점심 먹고 간식으로 먹어야지."

별거 아닌 '오늘의 간식 참기 성공'과 '내일 간식 계획'에 행복함을 느낀다. 야식을 참으니 저절로 아침에 배가 고파서 알람 소리에 눈이 떠진다. 더 자고 싶어도 자꾸만 배가 고파 결국 일어날 수밖에 없다.

일어나자.
일어나면 어제 참았던 과자가 나를 기다리고 있다!

달콤한 유혹,
이불 동굴 정리하기

다시 쏙 들어가기만 하면 되는
이불 동굴

나는 일명 '이불 동굴 장인'이다. 일어나면 이불에서 몸만 쏙 빠져나와 동굴을 만들어낸다. 빠져나온 모습 그대로 동그랗게 말려 있는 이불과 밤새 뒤척이며 빠진 머리카락이 널브러져 있는 침대 패드, 침에 젖은 축축한 베개까지 언제 다시 들어가도 괜찮을 만큼 어질러진 이부자리는 하루 종일 그 모양을 유지한 채로 내 방 한가운데에 떡 하니 차지하고 있다.

동굴처럼 만들어진 이불에 다시 쏙 들어가 눕는 것은 매우 쉬운 일이다. 추운 겨울 소파에 앉아 TV를 보다 보면, 발가락도 차가워지고 몸도 으슬으슬해진다. 그럼 자연스레 따뜻한 전기장판과 포근한 이불 동굴이 있는 이부자리가 떠오르고, 그곳에 누운 채로 TV를 보고 싶어진다.

떨쳐낼 수 없는 달콤한 유혹에 사로잡혀, '딱 10분만 누워 있을까?'라는 생각으로 슬쩍 눕는다. 내가 정말 10분만 있다 일어나는 사람이었더라면 지금까지 이렇게 살지 않았을 것이다. 보통은 잠깐 누우려다가 잠이 들었다. 먹고 바로 누우니 잠은 잘 왔지만, 그렇게 자고 일어나면 위산이 역류해 속이 쓰리면서 울렁거렸고 몸은 띵띵 부었다. 심지어 자고 있어났는데도 피곤했다.

일단 일어나면 엉망진창이었던 이부자리를 가지런히 정리하기 시작했다. 베개는 팡팡 털어 호텔 베개처럼 가지런하게 세워두고, 침대 커버는 다시 펼쳐서 평평하게 깔았다. 이불은 먼지를 털어낸 뒤 침대에 잘 펼쳐놓거나 접어서 정리했다.

일어나자마자 이불 정리를 하는 이유에는
'청결'뿐 아니라
'다시 눕지 않겠다'라는 확고한 의지도 있다.

침대를 깔끔하게 정리한 이후부터는 함부로 건드리면
안 되는, 가구 가게에 진열된 상품이라고 여겼다. 침대 안
으로 들어가면 전류가 흐른다고 상상하면서 최대한 건드
리지 않으려고 했다. 방 안에 주름 없이 반듯하게 정리한
침대를 보며, 깔끔하게 정돈된 침대와 말끔히 정리하고 그
상태를 유지하려는 내 모습을 높이 평가했다. 중간에 눕고
싶어도 자기 전까지 각 잡힌 이불과 곱게 세워둔 베개가
망가지지 않도록 이불 속으로 들어가지 않고 침대 헤드에
만 살짝 기대앉곤 했다.

하루를 상쾌하게
시작하는 법

"아침에 일어나서 뭐 했어?"

누군가에게 이런 질문을 받은 적이 있다. 나에 관한 관심의 표시일 수도, 아무 의미 없이 물어본 말일 수도 있겠지만, 그 질문을 받은 순간 너무 당황해서 어리벙벙하다가 제대로 대답도 하지 못한 채 대화가 끝났다.

곰곰이 생각해보니 대답을 하지 못한 이유가 있었다. 우선 첫 번째로 아침에 일어나지 않기 때문에 대답할 수 없었다. 아니, 일어나지 못했다.

'아침에 잠들어서 항상 점심쯤에 일어난다고 말하면 게을러 보이지 않을까? 그럼 아침에 일어나서 뭘 했다고 말하지?'

어떻게 대답해야 할지 고민하다가 머릿속이 복잡해지는 바람에 아무 말 없이 눈만 굴려댔다.

두 번째는 '정말로 뭘 했는지' 도통 기억이 나지 않아서 대답을 못했다. '일어나서 뭐했지?' 싶을 때가 한두 번이 아니다. 일어나서 밥을 먹는 것 말고는 내가 뭘 했는지 정말 아무것도 기억나지 않는다.

지금까지 집순이로서 '뭘 하겠다'라는 목표나 계획 없이 보냈다. 그냥 흘러가는 대로, 의식의 흐름대로, 그때그때 하고 싶은 대로 무작정 시간에 나를 맡겼다. 아무리 뭘 하려고 아등바등해도 삶은 나아지지 않았고 인생에서 변하는 것도 없었다. 이 지긋지긋한 하루가 내일이 되어 찾아온대도 새로운 일들은 없을 테니까, 스탬프를 찍듯 똑같은 오늘이 나를 짓누르고 지나갈 게 뻔했다.

그랬던 내가 내 의지로 아침 일찍 일어나기 시작했고, 한 번 일어나면 다시는 눕지 않겠다고 다짐했다. 무엇보다 돌아올 하루를 어제와 다른 날로 여기고자 했다. '어제는 어제로 끝내자! 오늘은 새로운 하루다! 오늘 하루도 상쾌하게 시작해보자!'라는 생각으로, 일어나서 해야 할 행동들을 이른바 '나만의 아침 루틴'으로 정했다.

아함

일어나면

드르륵

환기를 시키고

후～～하

바깥 공기 마시기

목 스트레칭

시원한 다리 스트레칭.
당기는 느낌이 나게
쭈욱— 당긴다.
(족저근막염에 좋음)

간단 스트레칭도 하고

이불에

진드기 제거제를 뿌리고

(에탄올 + 티트리 오일 소량)

이부자리 정리하기

정신 차리게 세수하고

바닥에 떨어진 머리카락과 먼지 청소하기

창문 열고 마음 환기시키기

잠깐이라도 창문을 열어 바깥 공기를 느낀다.

우울 속을 헤매고 있을 때, 나는 오랫동안 내 방 창문도, 방문도 꼭 닫은 채 좁은 방 안에서만 생활했다. 모든 것이 다 짜증이 나고 관심도 없고 전부 싫고 귀찮아서 그랬다. 마음속 창을 모조리 닫은 것처럼 방에 틀어박혀 세상과 단절된 채 살았다.

그럴 때 창문만 열었을 뿐인데 다시 세상과 연결된 기분을 느낄 수 있었다. 창문 너머로 평상시에 듣지 못한 새들의 지저귀는 소리, 저 멀리 '부아앙' 하며 지나가는 자동차 소리, 어디선가 대화하는 사람들의 목소리가 희미하게 들려왔다.

바깥을 느끼고, 밤새 내뿜었던 쾌쾌한 방 공기와 닫힌 내 마음을 환기시켜본다. 창문 앞에서 잠시만이라도 햇볕에 나를 말린다. 내 방과는 다른 온도를 느껴보고, 냄새도 맡고, 소리도 들어보고, 집 앞에서 무슨 일이 일어나고 있는지 둘러본다.

방 안 먼지 청소하기

응, 그래. 다들 우선 내 방에서 나와봐.

항상 달고 사는 비염과 알레르기를 완화하고 면역력을 높이기 위해 자는 곳이나 머리 주변에 있는 먼지들을 닦는다.

내 방 침대 헤드에는 큰 책장이 있는데, 책 구석구석에도 먼지가 쌓였다. 어렸을 때부터 가지고 있던 책에서는 책벌레가 기어 나왔다. 책등과 표지를 아무리 닦아줘도 먼지가 계속 쌓여 먼지가 쌓일 만한 물건은 아예 머리맡에서 치웠다. 먼지와 병균에서 멀어지기 위해 책장을 옮기고 닦기 편한 헤드로 새로 설치한 뒤 자주자주 닦았다.

베개와 이불에는 소독용 에탄올과 티트리 오일을 섞어 만든 진드기 제거제를 뿌리고, 조금 있다 털어냈다. 바닥은 청소기로 밀었다. 저렴한 무선 미니 청소기는 흡입력은 그리 세지 않지만 방바닥에 굴러다니는 머리카락과 먼지, 각질 정도는 가볍게 빨아들였다. 유용하게 사용하고 있어서 만족도 200퍼센트다! 강력 추천하고 싶은 아이템이다.

집 먼지 진드기 제거제   미니 청소기

- 미니 청소기 3만 원, 5만 원, 20만 원 등 가격대가 다양하다. 나는 3만 원대로 구입했는데, 그럭저럭 사용할 만하다.
- 다이소 집먼지 진드기 제거제 3천 원. 만들어 쓰는 것과 성분이 다르다. 뿌린 후 청소기로 흡입하길 권장한다.
- 집 먼지 진드기 제거제 약국에서 파는 소독용 에탄올(1천 원대, 500㎖)과 티트리 오일(7천~3만 원대까지 가격대 다양함)로 섞어 만든다. 분무기에 넣고 흔들어 사용한다.

'꼭 이 순서대로 해야지'라는 강박으로 아침 루틴을 실천하고 있는 것은 아니다. 그냥 떠오르는 대로 한 가지씩 시도하고 있다. 일어나자마자 딱히 할 게 없어 거실로 나가면 주방으로 향하고, 주방에 가면 밥부터 생각나고, 밥을 먹으면 또 누워 자게 될까 봐 바로 거실로 나가지 않고 일부러 방 안에서 이것저것 해야 할 것들을 찾아 움직인다. 이 루틴을 하루를 시작하기 전에 하는 '워밍업'으로 생각하면서 말이다.

상쾌한 하루, 깨끗한 사람으로 또 다른 날을 시작해본다. 완벽하게 방을 치우는 건 아니지만 기본적인 청결은 유지할 수 있다. 길면 30분 이상 걸릴 때도 있는데, 나에게 '일어나자마자 부지런히 움직이며 하루를 시작하는 나!'라는 근사한 프레임을 씌우고 자기 만족감을 높였다. 덕분에 새롭게 무언가를 할 수 있을 것만 같은 기분에 나답지 않게 긍정적인 생각이 스멀스멀 올라왔다.

3장

마음속 작은 씨앗에 물 주기

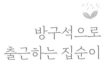

방구석으로
출근하는 집순이

사실 난 자고 일어나면 이런 모습이다.

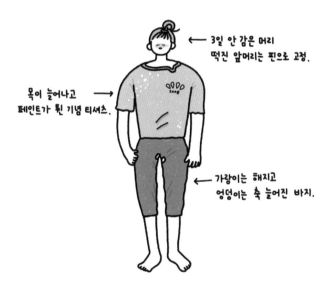

3일 안 감은 머리
떡진 앞머리는 핀으로 고정.

목이 늘어나고
페인트가 튄 기념 티셔츠.

가랑이는 해지고
엉덩이는 축 늘어진 바지.

일어나자마자 먹고 싶은 건 많은데...

멀리 나가기엔 꼴이...

결국엔 모자를 눌러 쓰고 집 앞 편의점에
지명 수배자처럼 후다닥 들어갔다 나온다.

편의점 도시락에 라면에
후식까지 거하게 먹고

보던 영상을 마저 보다가

그대로 또 스르륵 잠이 든다.

다시 일어나면 해가 뉘엿뉘엿.

집에는 늘 나 혼자 있었다. 가끔 화장실에 갈 때에만 거울에 비친 꾀죄죄한 내 모습과 마주한다. 거울 속의 내가 나를 바라보고 또 외면하는 유일한 목격자다.

잘 보일 사람이 없으니 다 늘어나고 구멍 난 옷을 입고 기름진 머리로 하루 온종일 보냈다. 귀찮다고 이틀 이상 머리를 감지 않고 묶고만 있었다. 그 상태에 매일 헌옷을 입거나 잠옷 차림으로 있다 보니 꾀죄죄한 모습이 내 고정 이미지가 된 것처럼 '그래, 이게 나야. 원래 꾀죄죄하고 볼 품없는 존재인걸'이라고 나를 단정했다.

외출용으로 샀던 깔끔한 옷들은 집 안에서 먹고 자는 생활을 하면서 어느새 목이 늘어나고 음식이 묻은 잠옷으로 변해갔다. 그래서 막상 물건을 사러 잠깐 나가야 할 경우에 입고 나갈 옷이 없어 방황하다 결국 외출을 포기했다. 계획한 일과 해야 할 일도 미룰 수 있을 때까지 미뤘다.

더 이상 하루를 낭비할 수는 없었다.
집에서도 일상으로 출근한다는 생각으로
아침 루틴을 끝내면 '출근 준비'를 시작했다.

나가지 않더라도 하루에 한 번 기름진 머리카락과 간지러운 두피를 깨끗하게 씻고 바싹 말렸다. 손톱 물어뜯는 버릇을 고치려고 손톱에 매니큐어를 칠하는 것처럼, 베개에 얼굴을 대고 눕지 않으려고 얼굴에 화장품을 발랐다. 눕고 싶은 마음이 지나치게 커지면 파운데이션에 눈 화장까지 했다. 무기력과 게으름이 최고점에 찍을 때에는 어쩔 수 없이 베개에 수건을 깔고 잔 적도 있지만, 확실히 전보다 낮잠을 자는 빈도가 점점 줄어들었다. 옷차림도 바꿨다. 밖에 나가도 될 정도로 깔끔하고 편안한 옷을 입었다. 뭐가 묻거나 늘어나지 않은 깨끗한 트레이닝 바지와 이상한 문양이 없는 깔끔하고 편한 티셔츠를 입었다.

자, 여기까지 준비를 마치면 이제 일상으로 출근한다. 대단한 일이 펼쳐지는 하루는 아니어도 별거 아닌 일상이라도 잘 살아내고 싶었다. 방구석 삶이라도 제대로 꾸려나가고자 부지런히 움직였다.

바쁘려고 마음먹으면
할 일이 넘치는 집순이의 삶

집에서 온전한 일상을 보내는 것은 생각보다 어렵고 힘든 일이었다. 매끼를 챙겨 먹고 먹은 뒤에는 바로 정리해야 했다. 널어놓은 빨래가 말랐는지 확인하고 마른 빨래는 잘 접어 서랍에 넣었다. 매일 갈아입는 속옷과 세탁기로 돌리면 망가지는 옷들은 손빨래를 하고, 나머지 옷은 세탁기로 돌린 뒤 널었다. 재활용 쓰레기와 음식물 쓰레기는 들고 나르기 무거울 정도로 쌓이기 전에 제때 버렸다.

산더미 같은 집안일을 서둘러 끝내고서야 방으로 출근했다. 책상 앞에 앉아 어질러진 책과 노트를 정리했다. 여기저기에 쌓인 먼지도 닦았다. 매일같이 같은 방에서 자고 일어나 씻는데, 생활이 완전히 달라졌다. '사회적 일상복'을 입은 다음부터 방은 더 이상 침실이 아니라 나만의 사무실이 됐다. 어느덧 사무실로 출근하는 어엿한 '방구석 출근인'이 된 것이다.

출근을 하면 가장 먼저 컴퓨터를 켜고 뉴스 창에 들어가 세상이 어떻게 돌아가고 있는지 살폈다. 다이어리를 정리하고, 그림을 그리고, 하루하루 떠오르는 글도 썼다. 보고 있던 미드도 아직 정주행할 에피소드가 많이 남아 있었고, 요일마다 쏟아지는 웹툰과 TV 예능, 드라마, 유튜브 영상은 보지 않았던 것들 중 보고 싶은 것부터 골라봤다. 유튜브로 영어 회화도 따라 하고, 식사 시간이 되면 밥을 챙겨 먹었다. 세탁기에서는 빨래가 다 돌아갔다는 알람이 울려댔다. 아무것도 안 하면 가만히 누운 채로 계속 있을 수 있겠지만, 방 안에서도 바쁘게 지내보자고 마음먹으니 쉴 틈 없이 바빴다.

방구석으로 출근을 하며 마음속으로 되뇌었다.
'아무것도 아닌 일상이지만,
이런 일상이라도 잘 살아내는 것이 내 일이야!'

바쁘게 살고 있는 누군가가 꿈꾸는 이런 여유로운 일상들을 즐겨보고 싶었다. 방구석으로 출근하기 위해 머리도 감고 옷도 깨끗한 것으로 갈아입고 얼굴에 뭐라도 찍어 바르니, 그럴 의도는 없었지만 왠지 약속이 있어서 나갈 준비를 하는 듯한 착각이 들었다. 한껏 차려입은(?) 내 모습이 나쁘지 않아 하루 종일 집에만 있기에는 아깝다는 생각도 들어 어디론가 나가야 할 것 같았다. 그래서 딱히 나갈 일이 없어도 날이 좋으면 에코백 하나 어깨에 걸치고 집 근처를 돌아다니곤 했다. 믿기지 않는 크나큰 발전이었다.

나는 지금 어떤 모습으로

하루를 보내고 있을까?

거울을 보고

내 모습이 어떤지 체크해보기!

힘들지만 보람찬
셀프 인테리어

내 방은 남향이 아니어서 날이 좋아도 하루 종일 해가 들어오지 않는다. 아침부터 종일 전구를 켜두면 한두 달만 지나도 금세 불이 나갔다. 방 안 벽지는 10년이 지나서 누렇게 바래져 있었다. 특히 잠을 자는 자리 바로 옆 벽지는 몸을 기대고 자꾸 만지니 더욱 시커멨다.

몇 년 동안 침대 프레임 없이 매트리스만 깔고 생활했다. 이불은 해져서 발가락이라도 잘못 걸리면 쭉쭉 찢어지고 너덜너덜해지기 일보 직전이었다. 매트리스 위에 있는 책장에는 오래된 책들과 물감들로 가득 차 있었다. 툭 건드리기만 해도 물건들이 머리 위로 쏟아져 내렸다. 거기다 책장과 매트리스 옆으로 폐업한 가게에서 남은 물건들이 상자째로 한가득 쌓여 있었다.

방 안에만 있다보니
방은 점점 나를 닮아가고
나는 점점 방을 닮아간다.

칙칙하고 빛까지 잘 들어오지 않는 창고 같은 방에 종일 처박혀 있으니 마음이 더 우울해졌다. 어느 순간 우중충하고 더러운 방이 나인지 내가 방인지 모를 정도로 나와 방이 하나가 된 듯 닮아갔다. 정신을 차려 우울한 마음을 씻어내고자 방을 정리하고 먼지를 닦기 시작했는데, 깨끗해지는 데에도 한계가 있었다. 노력하는 데 비해 큰 변화가 없는 방을 더 이상 두고 볼 수만은 없었다.

큰맘 먹고 셀프 인테리어를 결심했다. 전부터 생각은 했지만 돈이 꽤 많이 들 것 같아 미루고 미뤘었다. 하지만 우울함으로 인생의 끝을 생각해본 이후여서 그런지 인테리어를 바꾸자는 결심이 비교적 빨리 섰다. 전체적으로 방이 깨끗해 보이도록 벽지를 흰색으로 칠하고, 침대를 사고, 널브러진 물건들을 모두 정리했다.

- 시작 -

-1시간 경과-

그런데 그만하고 싶어도
여기서 절대 그만둘 수 없는 집 안 상태...

꺼내놓은 짐 때문에 온 집 안이 엉망진창;;
오늘밤까지 못 끝내면 잘 곳 없음.

어쩔 수 없이 완성할 때까지
말리고 칠하고 말리고 또 칠했고,
5시간이 지나서야 모든 작업이 끝났다.

✿✿✿✿
(강제) 부지런함을 +10 얻었습니다. ^^

인테리어 비포 앤 애프터 사진을 보다 보면 이 정도면 나도 간단히 바꿀 수 있을 것 같고 인테리어를 바꾸고 싶다는 욕구도 샘솟는다. 하지만 실제로 혼자서 작업을 해보면 왜 세상에 수많은 인테리어 회사가 존재하는지 깨닫게 된다. 돈이 최고라는 것을 다시금 뼈저리게 느낄 만큼 정말로 힘들다. 마법을 부리지 않는 이상 내 방은 절대로 알아서 바뀌지 않는다. 시간과 노력을 투자해야 가능하다.

가구는 온·오프라인에서 가격 비교를 하고, 설치 방법을 알아보고, 배송 기사님과 연락해 설치 날짜와 시간을 잡아야 한다. 페인트를 바르기 전에는 가구 안에 들어 있는 물건들을 모두 뺀 뒤 밖으로 옮기고, 페인트가 묻으면 안 되는 곳에는 마스킹 테이프로 꼼꼼히 붙인다. 이 모든 작업을 끝내야 페인트칠을 할 수 있다.

페인팅은 색이 완전히 나올 때까지 얇게 칠하고 말리고를 반복한다. 벽을 다 칠하면 빼낸 짐에서 버릴 것들은 버리고 남은 짐과 가구는 다시 들고 옮긴다. 나머지 필요한 것들을 정리하고 나면 진짜 끝이다. 겨우 다 끝내고 나니 이제는 몸이 여기저기 다 아파오기 시작했다. 살인적인 더위 속에서 지나치게 무리한 모양이었다.

작업을 하면서 얻은 점도 많았다. 일단 주로 사용하는 공간에 대한 만족감이 이전보다 더 커졌다. 또한 하루 종일 누워만 지냈던 내가 계속해서 움직일 수 있었다. 일부러 가족들이 없는 날을 잡아 작업을 진행했다. 도와주는 사람 없이 혼자서 처음부터 마무리까지 작업을 도맡아야 하니, 힘들어도 억지로라도 움직여야 했다. 방에 있던 매트리스를 거실로 빼두고 세워 둔 탓에 힘들다고 중간에 누울 수도 없었다.

땀을 줄줄 흘리며
의자에 올라갔다 내려갔다 하고
팔을 계속 움직였더니
'단순 반복 노동'에서 오는 활력을 느꼈다.

이런 단순 반복 노동도 뇌에서 '일'이라고 받아들여서일까? 무척 힘들었지만 '무언가를 한다는 것'에서 안정감과 건강함을 느꼈다. 눈에 띄게 달라진 내 방을 보며 성취감을 느꼈고, 완전히 다른 공간으로 바뀐 방에서 예전과 다른 삶을 시작할 수 있겠다는 생각도 들었다.

페인트칠로 흰 벽 만들기

젯소

B

(바탕 작업이나
기존 색과 다른 색을
칠할 때 사용)

흰 페인트 (4 리터)

10평 정도
(두 번 도포 시
부족할 수도 있음)

빨간 페인트 (2리터 정도)

OOO
Paint

작은 방
하나 정도

트레이
(봉지 씌워서
다음에 재사용)

롤러 필수 (결 자국이 덜 남)

붓 (모서리, 부분 부분 사용)

페인트가 도배보다 저렴해서 더러워진 매트리스 옆 벽은 벽지 위에 페인트칠을 했다.

근처 마트에서 2리터 정도 되는 벽지용 페인트와 롤러를 사 왔다. 매트리스와 책장을 들어내고, 가구 안과 밖에 있던 먼지와 머리카락을 치웠다. 그 후 바닥에 신문지를 깔고 페인트칠을 하기 시작했다.

한 번만 발랐을 때는 얼룩이 져서 오히려 더 지저분해 보였는데, 마를 때마다 칠해주니 깨끗한 흰색으로 완전히 덮였다. 벽 두 쪽을 칠하는 데 한나절이 걸렸지만, 벽만 하얘졌을 뿐인데 방 전체가 밝고 깔끔한 느낌이 들어서 무척 만족스러웠다.

수납형 침대에 물건 정리하기

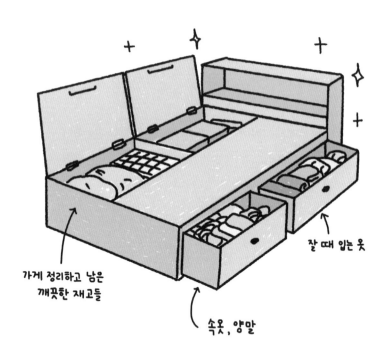

가게 정리하고 남은
깨끗한 재고들

속옷, 양말

잘 때 입는 옷

벽을 하얗게 칠한 김에 매트리스 위에 있던 책장을 반대 벽으로 옮겼다. 오래된 매트리스는 버리고 수납 가능한 침대를 새로 샀다. 가게를 정리하고 남은 물건들 중 깨끗한 물건만 침대 아래 수납장에 넣고, 집에서 입는 옷과 속옷은 자주 갈아입는 만큼 바깥쪽 서랍장에 넣었다. 밖에 있는 큰 짐들을 전부 정리하자 방이 훨씬 깔끔해지고 넓어 보이기까지 했다.

흰색 침구류로 바꾸기

찢어져 있는 데다 촌스러운 무늬까지 그려진 오래된 이불을 버리고, 전체가 흰색인 여름 침구류로 바꿨다. 깨끗한 침대와 매트리스, 그 위에 하얀 이불과 베개까지! 항상 청결하게 사용할 수밖에 없게끔 환경을 만들었다. 생리를 할 땐 빨간색 담요를 밑에 깔고 자면 좋다. 이제는 먼지나 땀이 묻으면 바로 티가 나서 얼른 청소하게 된다.

먼지 쌓이지 않게 하기

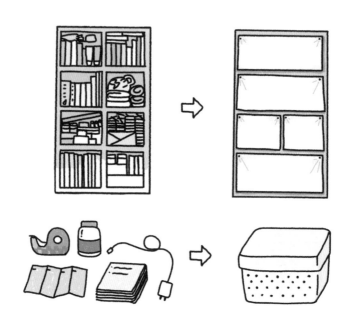

지저분하게 보이는 건 가려주고
작은 물건은 상자에 넣어서 정리

책장은 아무리 청소를 자주 해줘도 매번 먼지가 쌓이고 또 쌓였다. 이를 방지하기 위해 집에 있던 흰 천을 이용했다. 천을 자르고 재봉한 뒤 가장자리에 압정을 꽂아 책장 앞을 덮어줬다. 그랬더니 먼지도 덜 쌓이고 지저분하게 보이던 책과 집기들도 가려져 방이 훨씬 깔끔해 보였다. 다이소에서 산 상자에는 가게 재고와 자질구레한 물건들을 구분해 넣어 먼지가 쌓이는 것을 막았다.

항상 밝은 빛 들게 하기

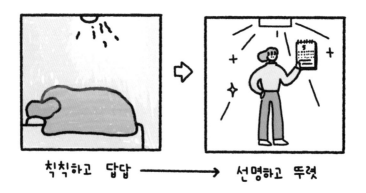

칙칙하고 답답 ──────→ 선명하고 뚜렷

금방 어두워지고 자주 갈아줘야 했던 일반 조명을 LED 조명으로 교체했다. 설치도 어렵지 않았다. 한 번 사면 등을 갈아줄 필요가 거의 없고, 항상 균일하게 밝은 빛을 내줘서 좋다.

처음에 살 때는 지출이 다소 컸지만, 장기적으로 보면 이득이라는 생각이 든다. 빛이 잘 들어오지 않아 불을 켜도 항상 어두웠던 방이 환하게 밝아지니, 사물이 더욱 선명하고 또렷하게 잘 보였다. 불 밝기만 달라졌는데도 기분이 훨씬 밝아졌다.

- 페인트   2만 5천 원(용량은 2~3리터 정도, 롯데마트에서 구매, 매장마다 페인트 성분이나 용량에 따라 가격 차가 있을 수 있음).
- 롤러   2천 원.
- 트레이   2천 원.
- 원목 수납 침대   40만 원대(매트리스 포함, 동네 가구점에서 구매).
- 여름 침구류   3만 원(이불, 베개 커버 1장 세트).
- 천   집에 남는 천을 사용했다. 천 사이트에서도 구매할 수 있다.
- 다이소 정리 상자   2~3천 원.
- LED 조명(천장 등)   5만 원대(리모컨 포함, 리모컨이 없는 건 3만 원대에 구매 가능).

아 진짜,, 어디서 계속
한약 냄새가 나지 ??!

버는 돈은 없고 지출만 있다 보니 허리띠를 더 꽉 졸라
매야 했다. 자연스레 치장에 돈을 쓰지 않게 됐다. 옷과 신
발은 물론이고, 머리는 주기적으로 하던 매직도 하지 않고
산발 머리로 다니거나 질끈 묶고 다녔다.

그중 '향기 나는 제품'은 소비 품목에서 완전히 제외됐
다. 생필품이 아닌 삶에 부수적인 물품인 데다, 지금 내 주
제에 맞지 않는 사치라고 생각했기 때문이다. 전에는 아무
리 주머니가 가벼워도 돈을 모아서라도 향수를 수집했었는
데, 한 푼이라도 아쉬운 지금은 향수가 그저 더럽게 비싸기
만 한, 심지어 중요하지도 않은 그런 존재처럼 여겨졌다.

그래서 가격도 괜찮으면서
기능도 좋은 제품만 골라서 사용 중!

이렇게 살아도 사는 데 지장 없어.
돈도 없는데 그냥 대충 살자.

집순이 생활을 하며 처음으로 3일 동안 머리를 감지 않았더니, 어느 순간 머리에서 구리구리한 냄새가 나기 시작했다. 이게 바로 사람들이 말하던 정수리 냄새?! 그제야 머리를 감으려고 보니 하필이면 선물로 받은 한방 샴푸밖에 없었다. 아무리 감아도 사라지기는커녕 온종일 따라 다니는 특유의 독한 한방 향이 정말 싫었다. 두피에 좋은 샴푸라는 건 알고 있지만 그래도 싫었다. 하지만 그렇다고 새로 샴푸를 사기에는 돈이 아까우니 꾹 참고 사용했다.

바디로션도 마찬가지였다. 겨울에 손이 트고 종아리나 입술이 건조하면 향기 좋은 바디로션 대신 상대적으로 저렴하고 성능 좋은 무향 바셀린을 발랐다. 한여름에 겨드랑이에서 폭발한 땀은 물티슈로 대충 닦고 말렸다.

아무것도 안 하는 무기력한 주인과는 달리 코는 나한테 나는 냄새와 주변 냄새를 끊임없이 알려줬다. 바셀린과 물 티슈로 건조함과 냄새를 해결한 다음 집으로 돌아와 자려 고 누우면, 매트리스 위에 있는 오래된 책에서 퀴퀴한 냄 새가 났고, 짐이 가득 쌓인 사과 박스에서는 삭은 종이 냄 새와 먼지 냄새가 났다. 좋아하지 않는 냄새들에 둘러싸 인 채로 잠이 들었다. 그런 하루들은 다음 날에도 어김없 이 계속됐다. 구리구리한 냄새 또는 마음에 들지 않는 향 기, 무조건 이 둘 중 하나와 함께 하루를 보내는 내가 싫어 졌다.

나는 왜 내가 원하는 냄새를 맡으며 살지 못하지?
왜 이런 사소한 것까지도 참으며 살아야 하지?
향기란 건 눈에 보이지도 않고
딱히 필요한 것도 아니지만
찰나의 순간으로 내 기분을 좋게 만드는데,
왜 이 좋음마저 포기하고서 살고 있을까?

바세린 ...
착한 널
탓하는 건
아니야..

셀프 인테리어를 하고 난 뒤에는 다행히 주변에서 나는 퀴퀴한 냄새가 거의 사라졌다. 깨끗한 공간, 밝은 조명, 예쁜 침대와 책상이 있는 이 방에 어울리는 향을 놔두고 싶다는 욕심이 생겨났다. 침대 머리맡에 놓을 중저가의 리필용 디퓨저를 산 뒤 집에 돌아다니던 예쁜 유리병에 조화한 송이와 우드스틱을 꽂았다. 리필용액을 반만 넣었는데도 잠을 잘 때 머리 위에서 은은한 향기가 퍼져나갔다.

우드스틱

조화나 마른 꽃

리필용 디퓨저

그동안 써오던 오이 비누 대신 클렌징폼과 바디워시를 다시 사용하기 시작했다. 씻고 나와서는 바디로션을 발랐다. 형편상 아껴 써야 하니 온몸에 치덕치덕 바르기보다는 건조한 부분에만 발랐다. 하지만 샴푸를 바꾸는 데는 시간이 좀 걸렸다. 두피가 예민한 편이고 기름도 잘 져서 향기 좋은 샴푸만을 고집할 수는 없었다. 두피에 좋은 몇 가지 제품으로 시도해보다가, 두피도 건강하게 하고 기름도 잡아주면서 은은한 풀 향이 나는 샴푸로 바꿨다. 향기가 강하진 않지만 그래도 정수리 냄새는 확실히 잡아줬다. 샴푸를 조금이라도 아끼기 위해서 버블 메이커를 구매해 두 번만 펌핑해도 거품이 가득 생기도록 했다.

가끔 외출하기 전에 향수나 바디미스트를 은은하게 뿌렸다. 1시간도 지나지 않아 향이 온데간데없이 사라져도 괜찮았다. 뿌리는 그 짧은 순간에 향기를 맡고 기분 내는 것만으로도 충분했다. 한여름의 겨드랑이 홍수는 데오도란트 물티슈로 틈날 때마다 화장실에서 닦아줬다. 금세 뽀송뽀송해지고 좋은 냄새가 나서 할인할 때 하나씩 사놓고 외출할 일이 생기면 꼭 챙기고 다닌다.

DEMXXX
Clean Soap
EDP 15ml 11 oz

저렴이 향수

BODY

바디미스트

할인 기간에 맞춰 향도 좋고 가격도 저렴한 제품을 사고, 나와 내 주변에 좋은 향기를 입혔다. 돈을 조금만 더 썼을 뿐인데 나에게서 좋은 향기가 나니 꼭 다른 사람이 된 것처럼 기분 전환이 됐다.

'한 달에 몇만 원 더 아껴서 뭐하겠어. 내 기분이 이렇게 달라지는데. 이 기분으로 다시 기운 내서 열심히 돈 벌자!'

좋은 향기가 나를 긍정적으로 바꿨다. 돈이 없어 항상 조마조마하고 불안했던 마음은 점차 사라지고 나 스스로를 아끼고 소중히 대하자는 마음으로 가득 차올랐다.

- 리필용 디퓨저 　1만 원대.
- 조화 및 우드스틱 　1~2천 원.
- 향수 및 바디 미스트 세일가로 1만 원(롭스 데메테르 향수), 1만 원(바디판타지). 세일 시즌을 노릴 것.
- 샴푸 　7천 원~1만 원(지성 두피용 샴푸: 어라운드 미 스칼프 스케일링 샴푸).
- 버블 메이커 　2천 원대(어퓨에서 구매, 제조사에 따라 가격 차 있음).
- 데오도란트 티슈 　할인가로 2천 원대(미스사사 제품, 양과 제조사에 따라 1천 원~1만 원으로 가격대 다양).

기분을 바꿔주는 찰나의 마법!

내 냄새는 내가 책임진다!

따뜻한 집밥과
신선한 풀이 주는 행복

아픈데 이런 말까지 들으니

좀 서러웠다.

그런데 말입니다..

정말
왜 자꾸 아픈 걸까?!

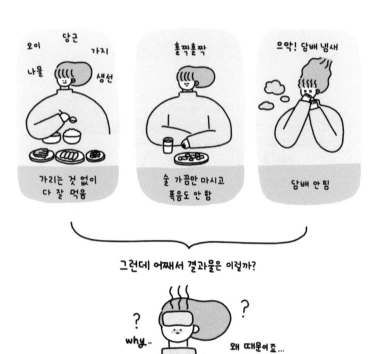

잔병치레에, 대상 포진에, 바이러스 감염까지. 왜 이렇게 몸이 자주 아픈 것인지 궁금해졌다.

'많이 먹으면 많이 먹었지, 적게 먹거나 부족하게 먹지 않았는데. 가리는 것도 별로 없는데. 술을 좋아해서 폭음하거나 줄담배를 피우는 흡연자도 아닌데, 왜 항상 힘이 없고 감기에도 잘 걸리고 여기저기 아프고 허약한 걸까?'

내 최애는
'고기 많이 도시락'

나름 돈 좀 써서 먹는 메뉴
(맘마○은 '돈치 정식'
한○ 도시락은 '도련님 고기 도시락')

내가 무엇을 먹고 있는지 곰곰이 생각해봤다. 가게를 운영하면서 '파는 음식'에 길들어져 집순이 생활을 할 때도 편의점 도시락을 사 먹곤 했다. 도시락에 컵라면을 세트로 먹어야 마음이 안정됐고, 한 끼라도 고기를 먹지 않으면 밥을 먹지 않은 것처럼 뱃속이 허전했다. 또한 자극적이고 느끼하고 기름진 음식을 먹어야 먹은 것 같았다.

그런 음식들을 미친 듯이 먹는 그 순간에는 몹시 즐거웠다. 목구멍까지 포만감이 차오르면서 내내 나를 괴롭히던 공허함이 사라졌다. 하지만 알고 있었다. 그런 음식들은 영양을 섭취하기 위해서가 아니라, 무료한 내 인생에 싸구려 자극을 주기 위해 먹는다는 것을. 폭식이 끝나면 언제나 더 큰 우울감과 공허함이 찾아왔다.

내 삶의 유일한 쾌감은

기름진 음식이 주는 자극적인 맛뿐...

바깥 음식을 완전히 끊고 집에서 만들어 먹기에는 여전히 남이 만든 기름진 음식이 더 맛있었지만, 그래도 밖에서 사 먹는 일을 점차 줄여나갔다. 도시락 가게에서 반찬만 한두 가지 포장하고 나머지 반찬은 집에서 조금씩 만들어 먹기 시작했고, 냉장고에서 꺼내 데워 먹는 도시락의 찬밥 대신 이왕이면 막 만들어진 따끈한 밥을 해 먹었다.

동네 마트나 시장을 구경하며 제철 채소 중 가격이 괜찮은 채소를 고르고, 그 채소를 가장 저렴하게 파는 마트를 찾아 거기에서 구매했다. 1천 원, 2천 원어치만 사서 깨끗이 씻어 초고추장 또는 간장 양념에 무쳐 겉절이를 만들어 먹었다. 고급스러운 서양식 샐러드가 부럽지 않게 그럴싸한 반찬이었다. 물에 막 씻겨 방금 무친 싱싱한 풀을 아삭아삭 씹고 넘기면서, 소중한 시간, 계절, 그리고 지금을 살아가고 있는 나를 더욱 아끼고 보살피고 싶어졌다.

싸고 신선한 재료를
찾아 떠나는 나들이

뚝딱뚝딱 오늘의 밥상

간장 설탕 참기름
영양   다진 파

가지 볶음
(가지 1개 사용)

고추장
설탕 식초
다진 마늘

오이무침
(오이 1개 사용)

3천원 중후반대 도시락

'고기 많이 도시락'과 비슷한 가격으로
반찬이 비교적 적은 도시락과 채소를 샀다.
심지어 사온 채소로 반찬 2개를
해먹었는데도 재료가 남았다.

집밥 레벨 업하기

'집밥 레벨 업'을 하면서 몸 상태가 눈에 띄게 좋아졌다. 일주일에 세끼 이상은 꼭 집에서 만든 음식을 먹으려고 했다. 파는 음식을 먹을 때에도 피자, 치킨, 도시락 등여러 메뉴를 떠올리다가 이왕이면 '집밥 레벨 업' 단계 중에서 선택했고, 웬만하면 한식을 먹었다. 음식을 포장해와도 밥만큼은 꼭 집에서 만들어 먹었다. 밥만 바꿔도 한끼의 만족도가 훨씬 올라갔고 속도 전보다 편안했다. 집에서 반찬을 만들 때는 고기 대신 달걀, 감자, 가지, 버섯등의 재료를 기름에 볶아 먹으며 고기를 최대한 덜 먹으려고 노력했다.

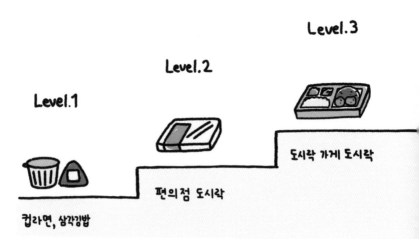

Level.1

Level.2

Level.3

도시락 가게 도시락

편의점 도시락

컵라면, 삼각김밥

레벨1 편의점에서 파는 라면에 김밥 또는 떡볶이 같은 밀가루 음식.

레벨2 편의점 냉장고에 있는 도시락 전자레인지에 데워 먹기.

레벨3 도시락 전문점에서 막 만든 도시락 사 먹기.

Level.4

도시락 반찬만 + 집밥

Level.5

사 온 반찬1 + 직접 만든 채소 반찬 + 집밥

Level.6

직접 만든 밥, 국, 반찬

레벨4 도시락 반찬만 사서 집에서 해둔 밥 데워 먹기.

레벨5 도시락 반찬 몇 가지 사고, 반찬 한 가지 정도는 직접 채소를 사다가
반찬을 한 뒤 집에서 해둔 밥과 먹기.

레벨6 집에서 전부 다 해 먹기. 갓 지은 밥을 먹고 국이랑 반찬 한 가지 정도
만들어 차려 먹기(예: 막 만든 따끈한 밥, 콩나물국, 감자 두부조림).

싸고 신선한 제철 채소 먹기

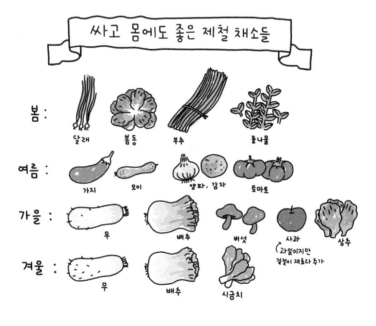

싸고 몸에도 좋은 제철 채소들

봄 : 달래 / 봄동 / 부추 / 돌나물

여름 : 가지 / 오이 / 양파, 감자 / 토마토

가을 : 무 / 배추 / 버섯 / 사과 (과일이지만 결정이 재료라 추가) / 상추

겨울 : 무 / 배추 / 시금치

무칠 때
- **간장 소스** – 간장2 : 설탕1 : 식초1 : 고춧가루1 : 깨 조금
- **초고추장 소스** – 고추장2 : 식초1~1.5 : 설탕1 : 다진 마늘0.5 : 깨 조금

볶을 때
- **볶음 간장 소스** – 파 기름0.5 : 간장2 : 설탕0.5~1 : 참기름 조금

※참고 : 이 비율대로 양념을 만든 후 채소 양과 자기 입맛에 따라
조금씩 양념을 추가해 무쳐주세요.

어떤 채소든 간장이나 초고추장에 버무리면 생각보다 쉽게 겉절이를 만들 수 있다. 곁눈질로 엄마가 하는 반찬들을 배워서 내 식대로 바꿔 만들거나, 인터넷 레시피를 보면서 만드니 어려운 줄만 알았던 반찬들도 뚝딱 만들 수 있었다. 해놓으면 2~3일 정도는 거뜬히 먹을 수 있고, 무엇보다 내 입맛에 맞춰 만드니 맛도 좋다. 만들면 만들수록 내가 만든 반찬에 만족감과 자신감이 붙었고 요리하는 것도 꽤 즐거워졌다.

가지, 애호박, 양파, 감자, 양배추처럼 생으로 먹기 힘든 것들은 파 기름에 볶다가 간장, 설탕을 넣고 볶으면 맛있게 먹을 수 있다. 내가 했던 양념 비율은 왼쪽 그림과 같다. 다만 내 입맛에 맞는 계량이니 참고만 하고, 자신의 입맛에 맞게 간을 맞춰 만들어보길 바란다.

쉽고 간단한 요리 만들기

조리 시간 :　　1분　　　　　15분　　　　　　30분

단무지 무침　　두부조림(또는 감자조림)　　햄 김치찌개

주재료 가격 : 단무지: 3천 원 초중반　　두부: 1천 원　　햄: 2천 원~4천 원

(일주일 내 먹음.　（감자로 하면）　→（두부 몇 개 남겨서）
라면, 덮밥, 맨밥 등　　감자조림　　　찌개에 넣기
웬만한 음식에 ok)

주머니 사정이 그다지 좋지 않다 보니 마트에 가도 가격부터 살폈다. 생각보다 비싼 재료도 있고, 싸고 양도 많은 재료도 있었다.

음식을 만들고, 먹고, 치우고 나면 1시간 반이 훌쩍 넘어갔다. 금세 또 식사를 준비해야 하는 게 은근 스트레스였다. 그래서 생각했다.

'저렴한 재료에, 빠르고 간단하게 만들어 먹을 수 있는 요리가 뭐가 있을까?'

아주 가끔은 샤브샤브, 월남쌈 같은 거창한 음식도 해보고 베이킹도 했지만, 일상에서 주로 만들어 먹은 음식은 왼쪽과 같다. 화려하지는 않지만 파는 음식만 먹는 습관에서 벗어나게 해주고 식비까지 아끼게 해준 고마운 음식들이다.

- 단무지 무침(소요시간 1분 미만)

단무지를 썰고, 간 마늘 조금, 고춧가루랑 깨를 뿌려서 잘 버무린다.

- 두부조림(소요시간 15분 내외)

냄비에 두부, 양념장(간장, 고춧가루, 고추장, 설탕, 마늘, 참기름), 물을
넣고 약한 불로 끓인다.

- 달걀찜(소요시간 20분 내외)

그릇에 달걀 3개, 물 반 컵을 넣고 잘 풀어준 뒤 소금을 조금 넣는다.
냄비나 돌솥에 넣고 저어가며 끓인다. 반쯤 익으면 뚜껑을 덮고 잠시
뜸을 들인다.

- 참치 김치볶음밥(소요시간 20분 내외)

기름에 파를 볶다가 참치를 넣는다. 색이 밝게 변할 때까지 볶은 뒤
다진 김치와 설탕을 넣고 다시 볶는다. 밥을 넣고 비비다가 약한 불로
잠깐 볶은 후 깨를 뿌린다.

- 콩나물국(소요시간 30분 내외)

콩나물 머리 껍질을 벗기고 씻긴다. 끓는 물에 넣고 끓이다 소금, 마늘,
파, 고춧가루를 넣는다.

- 햄 김치찌개(소요시간 30분 내외)

물이 담긴 냄비에 썰어놓은 김치와 햄을 넣고 끓이다 고춧가루, 다시
다, 설탕 조금, 마늘 듬뿍 넣는다.

나를 건강하게 해주는
듬직한 채소를 일상으로 초대하기!

병원 상담을 보류한 만큼, 엉망진창인 상태의 몸과 마음을 해결하기 위해 일단 병원 처방 없이 할 수 있는 것부터 알아보기 시작했다. 찾고 고민하다가 발견한 것이 바로 '면역력 높이기'였다. 면역력이 중요하다는 것은 스쳐 지나가듯 보긴 했지만 자세하게는 몰랐다. 특히 면역력이 떨어지면 몸이 이렇게까지 안 좋아질 수도 있다는 사실은 미처 알지 못했다.

'면역력이 떨어졌을 때 나타나는 증상'을 검색해보니 거의 모든 부분이 지금까지 내가 겪은 증상과 소름 끼치게 일치했다. 항상 건강하다고 장담해왔는데 이 정도로 면역력이 떨어졌을 거라고는 상상도 못 했다. 그제야 '아, 내가 면역력이 진짜 많이 떨어졌구나'를 깨닫는 동시에 면역력의 소중함을 실감했다. 이제부터는 면역력을 키우는 것에 집중하기로 마음먹었다.

* 면역력이 떨어지면 나타나는 증상 *

☑ 자주 감기에 걸린다. (1년에 4회 이상)

☑ 감기나 설사, 방광염 같은 감염성 질환에 걸리면
   남보다 오래간다.

☑ 해마다 항생제를 두 번 이상 복용한다.

☑ 알레르기 비염이 있다.

☑ 두드러기가 잘 생긴다.

☐ 피부염, 기관지염, 천식, 관절염 같이 만성 염증을 앓고 있다.

☑ 이명이 들리거나 두통이 있다.

☑ 자주 피곤함을 느낀다.

☑ 우울하고 불안하고 초조하다.

☑ 입술 포진, 대상 포진이 생겼다.
   ⋮

'면역력 저하'만 검색해봐도 무수히 나오는 증상들...

정신적 원인으로 면역력이 떨어지는 경우도 있다.

(ex. 소중한 사람을 떠나보냈을 때 등)

병원 약을 제외하고 실질적으로 내가 먹을 수 있는 것은 '식품'과 '영양제'였다. 인터넷과 건강 프로그램, 책을 보며 면역력을 높이는 것들을 찾다 보니 '면역력'뿐만 아니라 '우울증'에도 효과가 있는 것들이 있다는 사실을 알게 됐다. 면역력과 우울증은 서로 상관관계가 있기 때문이었다. 몸 안에 필요한 영양소가 부족하면 면역력이 약해지고, 면역력이 저하되면 우울증이 올 수 있다고 한다.

뭔가를 먹는 것만으로 우울증을 완화할 수 있다니! 하늘에서 한 줄기의 빛이 떨어지는 것처럼 답이 없던 내 인생에 드디어 희망이 보였다.

참고 '프로폴리스'는 꿀벌이 채집한 식물의 수지(樹脂)와 자신의 타액과 효소를 섞어 만든 물질이며, 항염, 항산화, 면역증강 등에 도움을 줍니다. 단, 알레르기 체질은 주의해서 복용해야 합니다.

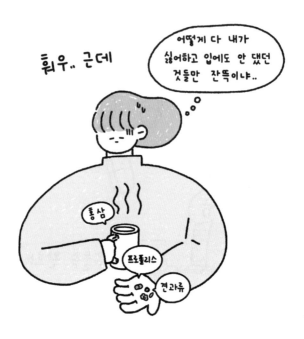

몇 년 전부터 집에 홍삼 가루가 있었지만 '부모님이 드시는 갈색 가루'라고 여길 정도로 관심이 없었는데, 이번 기회에 아침마다 먹어보기로 했다. 티스푼으로 홍삼가루를 한 숟가락 뜨고 꿀 한 숟가락을 덜어 따듯한 물에 섞어 마셨다. 조금 쓰긴 했지만 아주 못 먹을 맛은 아니었다.

영양제는 아이허브 사이트를 통해 직구로 구매했다. 국내에서도 좋은 영양제를 구할 수 있지만 일단 아이허브가 종류가 다양하고 가격이 좀 더 저렴해서 좋았다. 무엇보다 아이허브를 추천하는 사람들도 많았다. 여기서 나는 면역력과 우울증에 도움이 된다는 프로폴리스와 비타민 D, 마그네슘을 샀다.

배송비를 조금이라도 적게 내려고 눈에 좋은 루테인, 뼈와 관절에 좋은 MSM, 장에 좋은 유산균, 종합비타민 등 여러 영양제를 함께 주문했는데, 도착하고 보니 하루에 먹어야 하는 약만 여덟 알이었다. 매일같이 여덟 알을 챙겨 먹으려니 속도 안 좋고 양도 많아서 먹기 번거로웠다. 결국 1년 동안 꾸준히 먹은 것은 내게 정말 절실하게 필요했던 프로폴리스, 비타민 D, 마그네슘, 그리고 홍삼차뿐이었다. 나머지 약들은 한 달도 안 돼서 챙겨 먹기 귀찮아져 서랍 속에 고이 처박혔다.

그렇게 몇 달을 챙겨 먹으니
정말 아주 조금,
정말 쥐똥만큼씩 기분이 서서히 나아졌다.
어느 순간부터 죽고 싶다는 생각도 들지 않았다.
숨 쉬는 일분일초가 고통스러웠었는데,
하루 종일 나를 따라다녔던
지독하고 끔찍했던 '그 기분'에서 마침내 벗어나게 됐다.

몸과 마음이 호전된 이유에 생활 패턴과 행동을 바꾼 것도 한몫했겠지만, 확실히 영양제를 챙겨 먹은 이후부터 봄이 되면 오는 비염을 제외하고는 두드러기도 나지 않고 감기도 열이 펄펄 끓을 정도로 걸리지 않게 됐다. 영양제와 홍삼을 먹은 게 어느 정도 도움이 됐으리라 생각한다. 또한 나와 비슷한 시기에 우울증을 겪게 된 엄마도 영양제 덕분에 빨리 호전될 수 있었다.

엄마에게 영양제를 사주기 전에 엄마와 진지하게 이야기를 나눴다. 더 우울해지면 같이 병원에 가보자고, 아니면 영양분이 부족해서 그런 걸 수도 있으니 앞으로 하루에 한 번씩 영양제를 챙겨주겠다고 말이다. 매일 먹어야 하는 본인의 혈압약도 까먹고 잘 챙겨 먹지 못하는 엄마를 위해 하루에 한 번 비타민 D와 마그네슘을 챙겨줬다. 영양제의 효과와 더불어 생각지도 못한 부분에서 엄마의 우울증이 점차 나아지기 시작했다.

뭔가에 단단히 화가 나고, 짜증이 나고, 우울해서 소파 한구석에 쭈그려 앉아 있는 엄마에게 한 손에는 약 두 알을, 한 손에는 마실 물을 가지고 다가갔다.

　"울 ○○이(엄마 이름) 약 먹자~"

　이렇게 말하고 약을 건네면, 엄마는 잠시 나를 흘겨보다가도 풋 하고 웃음을 터뜨렸다. 잊지 않고 거의 매일 저녁마다 엄마에게 약을 챙겨드렸다. 엄마가 기분이 상했거나 나에게 화내도, 자려고 누워 있으면 깨워서라도 꼭꼭 손에 약을 올려주고 물을 떠다줬다.

지금도 엄마 약 챙겨주기는 계속되고 있다. 가끔 내가 피곤하거나 깜빡한 날에는 엄마가 먼저 나에게 스윽 와서 묻는다.

"오늘은 왜 약 없어?"

내가 하루에 한 번씩 엄마에게 주는 '마음'이 어쩌면 엄마의 마음을 치유하는 영양제였는지도 모르겠다.

참고

이 내용은 《내 몸에 맞는 영양제는 따로 있다》라는 책과 각종 인터넷 뉴스, 건강 프로그램, 커뮤니티 등을 통해 얻은 정보를 바탕으로 실행에 옮긴 경험담입니다. 같은 약이라도 사람에 따라 다르게 반응할 수 있으니 참고해주세요.

저의 경우에는 종합비타민이 그랬습니다. 한 알에 여러 종류의 비타민, 비오틴, 칼슘 등 다양한 성분이 들어 있어 챙겨 먹었지만, 오히려 속이 안 좋아지고 머리가 어지러워져 지금은 비타민 D만 챙겨 먹고 있습니다. 요즘 매체에서 비타민 D 부족에 대해 많이 보도하고 있는 것처럼 실제로 비타민 D는 한국인의 90퍼센트에게 부족한 비타민이라고 해요. 비타민 D는 특히 칼슘과 같이 먹으면 효과가 더욱 좋습니다.

건강을 위해 약을 챙겨 먹는다고 해서 이것저것 다 먹으면 끝도 없습니다. 많은 양의 약을 모두 먹어야 한다는 부담감에 오히려 스트레스를 받을 수도 있어요. 그래서 저는 영양제 중 제게 맞는 몇 가지를 골라 꾸준히 복용하고 있습니다. 무엇보다 영양제는 성분과 효과를 잘 알아보고 구입하거나, 약사 또는 의사와 상의 후에 구매하시길 권장합니다.

하루하루 약 챙기기.

하루하루 마음 챙기기.

뚜벅뚜벅
마이크로 어드벤처

젠 장

그래서 요즘 내가 집에서
나가는 일이라고는

집 근처 편의점, 집 근처 대형마트, 집 근처 공원...

집 주변에서 걸어서

30분 정도 되는 거리만 돌아다닌다.

항상 가던 길 골목 사이에서 담벼락에
예쁘게 핀 능소화를 발견했다.

골목길로 들어서니 지금까지 몰랐던
우리 동네의 새로운 모습이 펼쳐졌다.

거친 담벼락을 감싸고 있는
담쟁이 넝쿨

라면 싸게 파는 슈퍼

전라면
500원

신라면
5개입 3350원

슈퍼 사장님의 멋진 POP 글씨

뒤집어서 쓴 주차 금지화
슬리퍼 한 짝

멀리 돌아다닐 일이 없어 가끔 밖에 나가봤자 근처 30분 내외 거리로만 잠깐씩 돌아다녔다.

어느 날, 항상 가던 길이 지겹게 느껴졌다. 새로운 길을 가보고 싶다는 호기심에, 토끼를 따라 나무기둥으로 들어가는 이상한 나라의 앨리스라도 된 듯 낯선 길목으로 들어가 무작정 걸어가기 시작했다. 길목에 들어선 순간 저 멀리 보이는 건물이 분명 내가 아는 건물임에도 너무나 생소하고 낯설게 느껴졌다.

어라?
우리 동네에 이런 풍경이 있었나?
와, 새로워! 짜릿해! 재밌어!

다른 나라로 여행 온 사람처럼 두리번거리면서 걸었다. 주택 대문 옆에 주렁주렁 달린 주황색 꽃이 색다르게 보였고, 삐뚤빼뚤 손으로 직접 쓴 '주차 금지' 글자도 왠지 멋스러웠다. 사이사이 숨어 있는 미용실과 슈퍼, 할인 판매하는 코너에는 사람들이 옹기종기 모여 있었다. 동네 프라이드치킨 가게와 공방, 작은 카페도 있었다.

'아, 내가 몰랐었다뿐이지, 그동안 내가 알지 못했던 장소 사이사이에 사람들이 각자 자기 자리를 잡고 삶을 꾸려 가고 있었구나.'

길을 빠져나오니 다시 내가 항상 다니던 큰길이 나왔다. 잠깐이지만 잘 알지 못하는 신선하고 흥미로운 여행지를 둘러본 듯한 두근거림과 익숙한 보금자리로 돌아왔다는 안도감을 동시에 느꼈다.

동네에서 조금 다른 길로 돌아다니며 나만의 '마이크로 어드벤처'를 떠나본다. 마이크로 어드벤처는 앨러스테어 험프리스의《모험은 문밖에 있다》에서 나온 단어로, 멀리 떠나지 않아도 작고 소소하게 탐험과 모험을 즐기는 방식이다. 집순이에, 졸보에, 돈도 없던 나는 지금도 최소의 비용과 모험심, 그리고 최대의 안정성을 가지고 일상에서 가볍게 시작하는 나만의 모험을 떠나고 있다.

감각만으로 돌아다니기

물건 살 일이 생기면 집과 조금 떨어진 마트로 향했다. 항상 가던 길이 아닌 한 번도 가보지 않은 길로 무작정 들어가 걸었다. 몇 분 걸리지 않는 거리지만 처음 가보는 골목길 사이사이로 다른 세상이 보인다.

머릿속으로는 지도를 그려본다. 내가 알고 있는 길과 앞으로 펼쳐질 새로운 길, 큰길로 나가서 마트로 향하는 길을 상상하며 걸어나간다. '해가 어디서 떴지? 내가 남쪽으로 가는 걸까, 아님 동북쪽일까?' 하며 어느 방향으로 걸어가는지도 생각해본다.

'마트까지 무사히 도착할 수 있을까? 제대로 가고 있는 걸까?' 싶을 때도 있다. 답답해도 휴대폰은 잠시 주머니에 넣어두고, 오로지 내 감각에만 의존해 걸어다녔다. 모든 감각을 곤두세워 내 머리와 눈, 다리로만 길을 찾아 다니며 무사히 마트에 도착했을 때의 희열감이란! 내 안에 숨겨져 있던 원초적인 생존력을 실감했다.

'나 이런 사람이야!'

이렇게 멋지게 도착한 내가 무척 똑똑하고 대단한 사람처럼 느껴져 뿌듯했다. 언젠가 다른 나라로 여행을 갔을 때를 대비해 길 찾는 연습을 미리 한 것 같았다. 만족감이 상당했다.

최대한 먼 곳까지 걸어보기

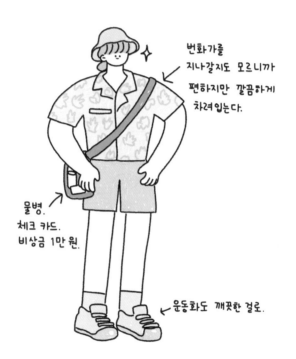

번화가를
지나갈지도 모르니까
편하지만 깔끔하게
차려입는다.

물병.
체크 카드.
비상금 1만 원.

운동화도 깨끗한 걸로.

동네 근처 공원이 어디에 있는지 검색하고, 내가 몰랐던 작은 공원이 있다면 그곳으로 모험을 떠나본다. 이어폰으로 흘러나오는 노래를 들으며 공원 산책로를 여유롭게 걸어본다. 그리고 다시 다른 동네의 공원 또는 산책로를 지도에서 찾아본다. 동네마다 하나씩 있는 큰 공원을 목표로 잡고 조금 더 용기를 내본다.

왕복 3시간이 걸리는 공원으로 향한다. 편한 운동화를 신고 에코백에는 물도 한 병 챙겨 넣는다. 번화가를 지나가야 한다면 너무 후줄근한 옷보다는 편하고 깔끔한 옷을 입고 출발한다. 지도를 보며 길을 확인하고, 노래나 팟캐스트를 들으면서 이런저런 생각을 해본다. 즐거운 마음으로 천천히, 때로는 빠르게 걷는다.

하
이제야 좀
살 겠다.

내가
이 맛 보려고
걷지, 홉홉.

1시간 넘게 걸어 다른 동네 맥도날드에서
사 먹는 소프트아이스크림이란...!
완전 핵꿀맛!

공원에 도착하고 바로 집으로 돌아오는 게 아니라 '여기 공원에는 뭐가 있지?' 하며 관찰하면서 공원을 한 바퀴 돌아본다. 계절에 맞게 모습을 바꾸는 식물들을 살펴본다. 봄에는 꽃들이 피고 여름에는 푸른 잎이 무성해진다. 가을에는 그 잎이 노랗게 물들고 산책로에도 노란 잎으로 가득해진다. 겨울에는 나무에 눈이 쌓여 장관을 이룬다. 바닥에 쌓인 하얀 눈에 찍힌 새들의 발자국이 꽤 귀엽게 보인다.

산책 나온 강아지를 구경하고, 사람들과 한 방향으로 발을 맞춰 걷다 보면 이상한 동질감과 연대감이 느껴졌다. 낮이면 '우울증아, 날아가라~' 소원하며 햇볕을 쬐고, 밤이면 '달이 어디에 떴나, 얼마나 기울었나' 하며 고개를 들어 밤하늘을 바라본다. 이렇게 긴 모험이 끝나면 오늘 하루도 고생한 나를 위한 보상으로 미리 알아본 근처 맛집에서 맛있는 음식을 먹으며 다시 힘을 보충시켰다. 그곳에만 있는 빵집에 들러 빵을 사 먹거나 패스트푸드점의 소프트아이스크림 하나를 먹으며 걷는데 그때 먹는 음식들이 그렇게 꿀맛일 수가 없다.

눈 감고 딱 다섯 걸음만 걷기

할 일이 없어도 너무 없으면 편한 옷을 입고 무작정 집을 나왔다. 번화가보다는 동네 주변을 돌아다녔다. 한적한 산책길을 이어폰에서 흘러나오는 음악과 함께 걸었다. 옆으로는 개천이 흐르고 주변에는 갈대와 잡풀이 무성하다. 평일 오후 시간이다 보니 산책길을 걷다 보면 어느새 내 주위로 사람들이 사라지고 없다.

지금까지 걸어왔던 길을 돌아보고 둘러도 봤지만 정말로 주변에 사람이 한 명도 없었다. 오로지 나만 이 길에 서 있었다. 잠시 그 길에 멈춘 채로 듣던 음악을 끄고 이어폰을 뺐다. 그리고 눈을 감고 천천히 걸었다.

주변에 아무도 없으니 딱 다섯 발자국만 걸어보자고 다짐했다. 그런데 신기하게도 그렇게 고요했던 곳에서 소리가 들려오기 시작했다. 바람에 흔들리는 갈대 소리, 걸을 때마다 나는 발소리가 귀로 선명하게 들어왔다. 바로 앞에 무엇이 있을지 없을지 모르니 한발 한발 내디딜 때마다 모든 신경이 발바닥에 쏠렸고, 발바닥 전체가 전기에 통한 듯 찌릿찌릿했다.

오후의 햇볕은 따뜻했고, 여기저기서 흙냄새가 났다. 주머니 속에 있던 휴대폰을 꼭 쥐고 걸으니 손에 열이 올랐다. 다섯 걸음을 걷고 눈을 떠보니 겨우 2미터 남짓 걸었다. 긴장했던 게 민망할 정도였다. 그래도 모든 감각을 생생히 느낄 수 있었던 색다른 경험이었다.

평일 오후, 바람과 갈대만이 마주한
아무도 없는 길을 눈을 감고 걸었다.

집 근처에서부터 가볍게 떠나보는

두근두근 마이크로 어드벤처!

4장

마음속 작은 씨앗 보듬어주기

우울을 잊게 하는
움칫둠칫 댄스 매직

혼자 코인 노래방에 가면

맨날 우울하고 슬픈 노래만 주구장창 부른다.

ex: 뱅크 〈가질 수 없는 너〉, 김건모 〈헤어지던 날〉
박정현 〈천년의 사랑〉 …

좀 신나는 노래를 불러보려고
야심차게 선곡한 '강산에'의
〈거꾸로 강을 거슬러 오르는 저 힘찬 연어들처럼〉

여러 갈래길 중

만약에 이 길이

내가 걸어가고 있는

막막한 어둠으로,

별빛조차 없는 길일지라도..

포기할 순 없는 거야.

걸어 걸어

걸어가다 보면

뜨겁게 날 위해

부서진 햇살을 보겠지.

10분 후...

가게를 정리하고 한참 동안 노래를 듣지 않았던 때가 있다. 어떤 노래도 다 시끄럽게 들렸다. 특히 한국 노래는 힘든 내 마음을 어지럽히는 소음처럼 느껴졌다.

방 안에서만 지내다 보니 혼란스러운 마음이 조금씩 진정됐고 덕분에 다시 밖으로 나갈 수 있게 됐다. 코인 노래 방에 종종 혼자 1천 원짜리 한 장 들고 가서 슬픈 발라드만 주구장창 부르고 울고 짜기 일쑤였다. 그런 노래가 울적한 내 마음을 대변해주는 것 같았다. 그렇게 혼자서 훌쩍이다 나오면 나와 달리 세상 사람들은 어쩐지 모두 신나고 즐거운 듯 보였다.

터덜터덜 집으로 돌아오면서 문득 이런 생각을 했다.
'마음이 울적하니 감성적인 발라드부터 선곡해 불렀는데, 그 후에도 나도 모르게 마음을 울리게 하는 노래들만 줄줄이 불렀네. 어쩌면 노래를 부르는 동안 슬픈 멜로디와 가사에 심취한 탓에 내가 더 우울해진 건 아닐까? 잠잠해질 수 있는 마음을 괜히 슬픈 노래로 더 심란하게 만든 게 아닐까?'

우울하고 무기력해서 집에만 있다 보니 살이 10킬로그램 이상 쪘다. 운동을 해야 살도 빠지고 기분도 좋아질 것 같은데, 운동할 마음이 도통 생기지 않았다. 사람들이 많은 곳에서 운동을 하면 다들 뚱뚱하고 못생긴 나를 피하고 비웃을 것 같았다. 피트니스센터에 가면 나에 대해 모르는 사람에게 숨기고 싶은 내 몸무게를 1년 동안 공개해야 하고, 마른 사람들 사이에서 어색하게 쭈뼛거리며 큰 몸을 움직이는 거울 속의 내가 초라하게 느껴질 것 같아 선뜻 용기가 나지 않았다.

우선은 집에서 혼자 할 수 있는 운동을 하기 시작했다. 몸만 움직이는 운동은 쉽게 질릴 것 같아 유튜브에서 '줌바 댄스'를 검색했다. 방문을 닫고 조용히 줌바 댄스 영상을 보며 몸을 움직였다. 처음에는 간단한 동작이라고 생각했는데, 작은 공간에서 조금만 움직여도 금세 숨이 차고 근육이 땅겼다. 그럼에도 영상 속 사람들이 신나는 노래에 맞춰 통통 뛰어다니면서 웃고 소리를 힘차게 지르는 모습을 보니 나까지 덩달아 기분이 좋아져 운동에 더욱 열중하게 됐다.

10분짜리 영상을 몇 번이나 멈춰가며 물을 마시고 다시 춤을 따라 췄다. 끝까지 하고 나니 '와, 마지막까지 춤 동작을 따라 하다니!'라는 생각에 성취감과 개운함이 온몸에 퍼져나갔다. 정신없이 동작을 쫓아가느라 머릿속에 가득했던 근심, 걱정, 우울함이 없어졌다. 아무 생각 없이 시간을 보냈다는 게 가장 좋았다.

흥이 나서 춤추고 노래 부르는 게 아니라,
춤을 추고 노래를 부르니까 흥이 났다.
몸을 힘들게 움직이는 동안 에너지를 모두 썼는지
신기하게도 잡다한 생각들이 싹 사라졌다.

스탠드만 켜둔 채로

유리에 비친 모습을 보며

추고 싶은 대로 댄스 댄스~

밤에 내 방 천장 불을 끄고 컴퓨터 모니터나 스탠드만 켜둔 상태에서, 유튜브에서 클럽 노래 또는 신나는 노래를 틀어놓고 춤을 췄다. 유리나 거울에 비치는 내 모습을 보면서 내가 어떻게 춤추고 있는지 살피며 자세도 그럴 듯하게 잡아봤다. 스쿼트나 스트레칭도 같이하면 몸을 그냥 움직이는 것보다 훨씬 재밌고 시간도 금방금방 잘 갔다.

유튜브에서 '줌바 댄스 기초'라고 검색하면 관련 영상들을 많이 찾아볼 수 있다. 그중에서 신나고 화려한 줌바는 내 기준에서 조금 어려웠는데, 처음 따라 하다 보니 정확한 동작을 배우는 게 좀처럼 쉽지 않았다.

한국 줌바 강사가 운영하는 '줌바 코리아'와 외국 여성이 운영하는 'Michelle Vo Fitness' 채널이 비교적 동작이 간결해서 따라 하기 좋았다. 특히 '줌바 코리아' 채널은 나중에 등록한 문화센터 줌바 댄스 수업과 비슷한 동작들이 많아서 기초 동작 예습·복습을 하는 데 많은 도움이 됐다.

집에서 따라 하기 좋은 기초 줌바 유튜브 채널

(기초 동작 연습 시)
'줌바 코리아'

(기초 응용 연습 시)
'Michelle Vo fitness'

올빼미 댄스 수업 이용하기

프리랜서로 일하면서 평일 시간에 비교적 여유로워져 주변 대형마트의 문화센터를 이용하기 시작했다. 집에서 혼자 춤을 추다 보니 자신감이 붙어서 '벨리 댄스'와 '줌바 댄스' 수업에 참여하게 됐다. 모르는 사람들과 금방 친해지고 같이 어울려 무언가를 하는 것이 성격에 맞지 않아, 노래가 신나고 춤이 어렵지 않으면서 여러 사람이 같이하거나 두 명씩 짝을 찍어야 하는 일이 거의 없는 줌바 댄스와 벨리 댄스를 골랐다. 내 성향과 찰떡인 운동이었다.

1시간 동안 춤추며 기분 전환도 하고, 땀 흘리며 운동도 하니, 없는 형편에도 문화센터에 내는 돈은 전혀 아깝지 않았다. 무엇보다 저녁 시간에 있는 올빼미 수업은 10~30퍼센트 할인을 받을 수 있었다. 다른 강좌보다 훨씬 저렴한 가격에 수업을 들을 수 있어서 부담이 적었다.

참고 제 경우에는 문화센터 수업에 대략 일주일에 한 번씩 나갔으며, 석 달에 약 7만 원이었습니다. 문화센터에 따라서 올빼미 수업이 없는 곳도 있으니 꼭 확인해보시길 바랍니다. 할인율, 할인 적용되는 조건 역시 다를 수 있으니 참고만 해주세요.

신나는 노래로 마무리하기

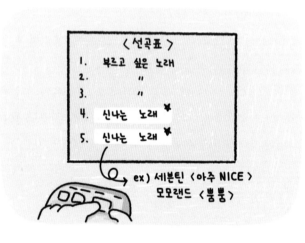

노래방 마지막 노래는
처음에는 내키지 않아도
우선 신나는 노래로 선곡해둔다.

혼자니까 내 맘대로 율동도 따라 추면서
마지막을 화려하게(?) 장식한다.

뭘 해도 기분이 처진다면 가끔은 몸부터 움직여보자. 특히 노래방에서 신나는 노래를 부르면 마음이 보다 가벼워질 수 있다.

추천! 기분이 처질 때 부르면 신나는 노래
- 세븐틴 〈아주 NICE〉
- 모모랜드 〈뿜뿜〉

주의! 신나 보이지만 괜히 불렀다 울컥할 수도 있는 노래
- 소녀시대 〈다시 만난 세계〉
- YB 〈나는 나비〉
- 강산에 〈거꾸로 강을 거슬러 오르는 저 힘찬 연어들처럼〉

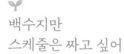

백수지만
스케줄은 짜고 싶어

혼자 집에서 늦은 점심을 먹고
TV 예능 프로그램을 몰아 보다
식곤증에 노곤노곤해지는 오후.

아침에 눈을 뜨면 아무 생각이 없었다. 바라던 어제를, 바라던 삶을 살아내지 못했다. 그래서 다시 맞이한 오늘은 나에게 큰 의미가 없었다. 나에게 주어진 오늘은 억지로 떠밀려 받은 곤란하고 쓸모없는 물건과도 같았다.

주어진 오늘이 감당하기 힘들어 침대에서 몸이 찌뿌둥할 때까지 버티고 버티다가 겨우 일어났다. 습관적으로 폭식을 하고 인터넷 서핑을 하다 보면 졸음이 몰려왔다. 정말 내가 생각해도 하루 종일 하는 것 없이 무기력한 생활을 보냈다.

이렇게 종일 놀고먹고 있으니, 가족들은 일하다 급한 용무가 생기면 무조건 나에게 시켰다. 누구랑 어디 좋은 데 놀러 다니지도 않고 집에서 가만히 있는 내가 시켜먹기 딱 좋은 심부름꾼이었을 것이다. 은행 업무, 아파트 관련 일, 택배, 식사 준비, 청소, 빨래 등 자잘한 잡일은 모두 내 몫이었다.

분명 다들 바쁘고 급해서 시키는 거라지만, 대신 처리해주는 일이 잦아질수록 마음 깊숙한 곳에서 스멀스멀 부아가 치밀어 올랐다.

'자기들 일을 너무 나한테만 시키는 거 아니야?'

'내가 항상 집에서 놀고만 있다고 생각하나? 어떻게 이렇게 당연하다는 듯이 부려먹지?!'

스스로가 한없이 작아지고 초라해 보였다. 나를 무시해서 시킨다는 생각까지 들어 기분이 나빠졌다. 무기력하고 모든 게 귀찮은데 몸을 억지로 움직여야 하니 힘들어서 짜증도 났다.

참나, 나도! 스케줄 있는 사람이다, 이 말이야!

이럴 때면 할 일 없는 백수지만 스케줄 짜고 싶어!

뒤죽박죽 내키는 대로 해왔던
소소한 것들을

또 해보고 싶은 것들은 달력에 정리하고
(+할 필요가 있는)

열 맞춰 배열해본다.

무기력하고 우울한 시간들에서 벗어나기 위해 나름 소소하고 가벼운 할 일들을 만들어보기 시작했다. 일단 아침 루틴을 정하고, 몸의 청결에 신경 쓰고, 더 좋은 음식을 챙겨 먹으려고 노력했다. 줌바 댄스도 시작했다. 그리고 기분 내키는 대로 해왔던 일들을 달력에 일일이 써두고 매일매일 스케줄을 확인했다.

오늘 딱히 할 일이 없다면 할 일을 만들었다. 작은 화분을 만들어 관리하거나, 식물에 물을 주거나, 시장에서 떨이로 파는 과일로 과일 청을 만들었다. 전날 해야 할 일을 미리 생각하고 '해야지' 마음먹었다. 그리고 다음 날 정말 그 일을 했다면 그것도 나만의 스케줄로 인정했다. 내가 한 소소한 일들을 하나의 스케줄로 인정하고 뿌듯해하는 것이 혼자 북 치고 장구 치는 일처럼 느껴지기도 했지만, 죽고 싶었던 내가 '살 내일'을 계획한다는 사실만으로도 충분히 대견한 일이라 생각했다. 스케줄을 짤 때 써먹었던 (?) 할 일들은 다음과 같다.

일상에서 소소하게 할 수 있는 일

- 셀프 인테리어하고 청소하기.
- 가족들과 다 같이 먹을 반찬 만들기(가족들에게 생색 좀 낼 수 있는 절호의 기회).
- 오늘 쓴 돈 기록하기, 소비를 줄이도록 어떤 물품을 덜 사도 될지 고민하기.
- (앞서 말한 마이크로 어드벤처처럼) 산책하기.

어렵진 않지만 배우고 싶은 것들 배워보기

- 단기 수업이나 원데이 클래스 듣기(커피 만들기, 자세 교정, 드로잉 수업, 창업 세미나 등).
- 문화센터에서 혼자 할 수 있는 수업 등록하기(프랑스 자수, 요가, 벨리 댄스, 줌바 댄스 등).
- 유튜브 보며 기초 영어 공부하기.

집에서 아날로그 취미로 마음의 여유 찾기

- 좋은 책 필사하며 글씨 예쁘게 쓰는 연습하기(벌렁거리는 마음이 조금 진정될 것이다).
- 유튜브로 프랑스 자수 배우기.

한 달 동안 주기적으로 나가야 하는 스케줄을 1~2개 정도 잡고, 하루 정도 짧게 나갔다 오는 이벤트성 스케줄도 2~4개 정도 잡았다. 소소한 일거리는 미리 달력에 적지 않고 자기 전에 생각만 하고 하나하나 지켜야 한다는 부담감을 덜 느끼게 했다. 실제로 일을 수행하면 그때서야 달력에 기록했다.

그 전날 밤에 내일 해야 할 일들을 떠올리고 자면, 다음 날 일어나서 멍하니 누워 있을 때 느꼈던 공허함이 사라졌다. 아침 루틴을 마치고서도 이어서 해야 하는 일이 또 있으니 오늘 하루가 의미 있게 느껴졌다. 스트레스받지 않으면서 내가 좋아하는 일로만 짜여진 백수의 스케줄을 온전히 즐기게 됐다.

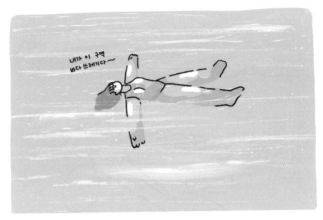

시간이란 망망대해에 정처 없이 표류 중이라면

가까운 곳에 보잘것없고 조그마한 부표 하나 띄워보기.

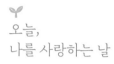

푸욱

내 마음이 누군가로부터 공격당하면

내 안에서 어두운 마음이 무럭무럭 자라난다.

어두운 마음은 세상을 미워하고 증오한다.

그러다 마지막에는

스스로를 미워하고 증오하게 한다.

네가 문제야, 네가.
한심한 년, 아무짝에도
쓸모 없는 년,
왜 사냐?

하...

턱살 좀 봐..

한 건 없이 살만 찌고 나이만 들었네.

꼴이 왜 이렇지...

난 왜 제대로 하는 게 하나도 없을까?

전에 입었던 옷이 터질 것 같다..

이러니 이런 날 누가 좋다고 하겠어.

옷은 꾀죄죄, 머리는 엉망진창, 똥 씹은 것 같은 똥한 표정

다들 힘들어도 참고 버텨서 돈도 벌고 사람들과도 잘 어울리며 살아가는데.. 나는 왜 이런 기본적인 것도 견디지 못하는 걸까?

상처를 받아도 나는 그 자리에서 실컷 당하고만 있다. 집에 와서야 분에 못 이겨 '너희가 뭔데?', '너희가 나를 알아? 왜 나한테만 가혹한 건데?' 하며 혼자 마음속으로 쌍욕을 날린다.

미친 듯 세상을 증오하고 욕해도 소용없었다. 광활한 벌판에 아무리 소리치고 탓해봤자 답을 알려주는 사람은 없다. 정처 없이 떠돌던 세상에 대한 증오와 미움은 고스란히 나에게 되돌아왔다.

네가 문제야, 네가. 한심한 년, 나약한 년.
그것도 못 견디고 나자빠진 년, 쓸모없는 년, 무기력한 년.
그런 마음으로 어떻게 사람을 만나고 돈을 벌겠어?
눈치도 없고 요령도 없으면서.

이런 나 자신이 너무 싫었다. 이 꼴로 다른 사람들을 만날 엄두가 나지 않았다. 거울에 비친 내 모습도 차마 보지 못하고 외면했다. 내 눈에는 창밖에 돌아다니는 모든 사람이 멋지고 근사하게 보였다. 서로 잘 어울리고 서로를 사랑했다. 힘들다 하면서도 직장에 다니고, 꼬박꼬박 돈을 벌며 먹고 싶은 거, 입고 싶은 거 사고 놀러 다니면서 악착같이 잘 사는 듯했다. 그런 사람들이 가득한데, 나 혼자서만 아무것도 하지 못하고 가만히 있으니 한심하게 느껴졌다. 몇 달간은 창문 한 번 열지 않고 방에만 있었다.

'잘 살고 있냐'에 대한 평가는
일정 기준으로 매겨진 순위에 따라 결정된다.

왁자지껄

휘이잉

불안 하고
초 초 해..

순위권 밖에 있는 나를

아무도 봐주지

않 을 까 봐

너무 무서워.

10세, 20세, 30세, 40세, 50세, 60세, 70세… 너도나도 그 나이에 꼭 거쳐야 하는 '통과 의례'를 향해 경쟁하듯 달려나간다. 학생 때는 분명 모두 나랑 똑같은 교복을 입고, 밥을 먹고, 수업을 듣고, 목표를 갖고 있었다. 그렇게 너나나나 할 것 없이 똑같아 보이던 사람들이 어느 순간 정신 차려보니 서로 다른 위치에 서 있었다. 나이가 들어가면서 성공과 목표 달성에 차이가 나기 시작하고, 그런 축적된 기록들로 '잘살고 있느냐'에 대한 평가와 순위가 매겨졌다.

　"야, 너 소식 들었어? ○○이 XX에서 XXX 됐대! 대박이지?"

　"지나가다가 우연히 ○○이 봤는데, XX에서 나와서 XX 하면서 XX하고 있더라."

나는 적어도 중간은 가야 한다고 생각했다. 엄청나게 성공하거나 뛰어나지는 않아도, 뒤처져서 손가락질이나 동정은 받지 말자면서 말이다. 당연히 그럴 수 있을 거라 믿었다. '수업시간에 열심히 수업 내용을 필기하고, 지각한 번 안 하고, 출석도 꼬박꼬박하면 적어도 B는 받을 수 있으니, 부지런히 산 내 삶도 B 정도는 될 거야'라며 단순하게 생각했다.

그런데 내 삶이 B일지 B$^+$일지,
과연 누가 내 삶의 순위와 성적을 매겨주는 걸까?

내 삶을 평가하는 누군가가 있다면

'나와 아무런 관계없는 타인'이나

'나를 잠깐 보거나 들어본 적 있는 사람',

그보다 더 가까운 '친구',

나를 낳아주고 키워준 '부모님'이

아니라

내 삶의 평가자는
오직
나 자신이고
싶다.

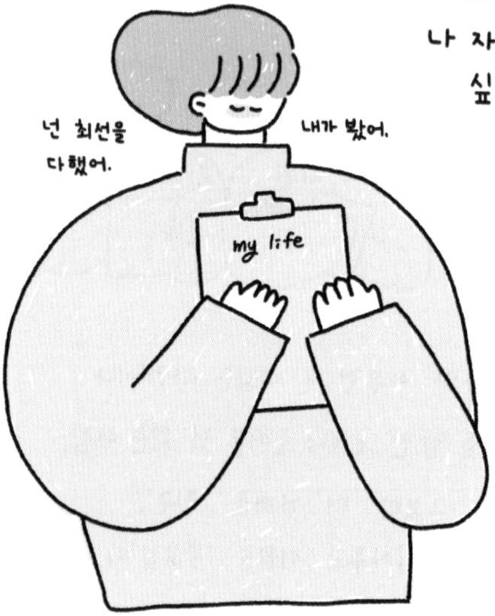

넌 최선을
다했어.

내가 봤어.

my life

회사를 그만둔 이후로 그림을 그리기 시작했고 가게도 오픈했다. 그 자체로 좋았던 순간들이 분명 있었는데, 어느 순간부터 내가 내 그림에 만족하는 감정보다 내 그림을 보고 눌러주는 '좋아요'의 개수가 더 중요해졌고, 가게를 운영하면서 이번 달에는 얼마 벌었는지가 더 중요해졌다.

내가 아무리 만족해하며 그린 그림이어도 '좋아요'를 많이 받지 못하면 실패한 그림 같았고, 삭제해야 하는 보잘것없는 그림처럼 느껴졌다. 아무리 한 달 동안 미친 듯이 일하고 하루 종일 그림을 그려도 그달에 수익이 나지 않으면 아무런 소용이 없었다. 상대의 반응에 목말라 미쳐 날뛰었고, 뭐를 가져다 팔아도 좋으니 어떻게든 돈을 벌고 싶어 발버둥쳤다. 사람들의 관심과 돈이 어느새 내 삶의 전부가 돼버렸다.

세상에게 인정받고 싶었다,
내가 가치 있는 사람이라는 걸.
부모님께 어디다 내놔도
자랑스러운 딸이고 싶었다.

세상이 원하는 모습으로 칭찬받고 싶었고,
사랑받고 싶었다.

방송에서 이효리와 남편 이상순이 대화를 나누고 있는 장면을 보다가 예상치 못한 곳에서 감동했다. 이상순이 나무의자를 만들고 있는데 의자 바닥까지 사포질을 하는 모습을 보고 이효리가 "왜 바닥까지 사포질을 하느냐"고, "보이지도 않는 곳인데 그렇게 한다고 누가 알겠느냐"고 물었다. 그러자 이상순은 이렇게 대답했다.

누가 알긴, 내가 알잖아.

하루 날을 잡고 종이에다 '앞으로 무엇을 하고 살 것인가'에 대해 적어나갔다.

'잘 살고는 싶은데, 과연 잘 사는 것이란 뭘까?'

'다른 사람의 시선을 다 무시하고, 그냥 내가 원하는 삶은 뭐지?'

'지금 그림을 그만두고 내가 할 수 있는 건?'

'그나마 요리를 좀 하니까 동네에 작은 떡볶이 가게를 차려볼까?'

'떡볶이를 팔면 지금처럼 수입이 아예 없지는 없겠지. 조금이라도 벌겠지.'

'근데 내가 떡볶이 장사로 먹고살 만큼이 된다면, 과연 그 삶에 만족할 수 있을까?'

　고민에 빠진 채로 며칠이 흘렀다. 그런데 아무리 생각해도 그림을 그리는 일과, 그림이 내 생각대로 완성됐을 때 느꼈던 희열과 쾌감을 포기할 수 없었다. 그림 그리는 내 삶과 스스로 만족한 그림을 그리는 내가 좋았다.

　'그림 그리면서 살면, 돈은?'
　마지막 질문이 최종 보스처럼 남아 있었다.
　'돈 못 벌어도 그림 그리는 일을 선택할 수 있어? 벌써 한 번 겪어봤잖아. 어떡할래?'
　모질게 자문한 끝에 한참을 쭈뼛거리다 결국 '그림 그리는 삶'을 선택했다.

다른 사람이 생각하는 성공한 삶이 아닌, 그림 그리는 인생을 선택하고 내 길로 들어섰다. 그림으로 다른 사람이 부러워할 만한 떼돈을 버는 것은 불가능할지 모르지만, 절대로 그에 대해 불평하지 않겠다고 굳게 다짐했다.

각자의 삶이 있고, 나는 내가 걸어갈 '이 세상 유일한 내 삶'에만 최선을 다하면 된다. 다른 사람 눈에 어떻게 보이는지에 대해 더 이상 신경 쓰지 않을 것이다. 내가 원하는 진짜를 찾았으니 나는 나대로 내 삶을 잘 꾸려나가볼 것이다. 결정을 내리기까지 고통스럽고 힘들었지만, 마음을 확고히 정하고서 종이에 적어 내려가다 보니 내 의지와 삶의 방향이 명확해지고 무거웠던 마음도 한결 가벼워졌다.

지금까지의 모든 일을 담담히 인정하고 받아들였다. 나에게도 분명 기회나 행운같은 타이밍이 찾아올 거라고, 쌓아두고 응축해놓은 내 능력이 언젠가 빛을 발할 날이 올 것이라 확고히 생각했다. 포기하지 않는 사람에게 언젠가 기회가 올 것이다. 그러니 내 그림도, 내 삶도 포기하지 않을 것이다.

살아가면서 분명 잘된 사람들과
비교하게 될 순간이 또 올 거야.
그럴 때마다 비관하거나 부러움의 화살을
나에게 겨누고 스스로를 탓하지 말자.
내 삶에 발전을 위한
팁으로 써먹지 뭐.

앞으로 어떤 사건과 기회가 생길지
아무도 모르는데
지금 이렇게 삶을 끝맺기에는 좀 아깝잖아.

내가 겪은 실패의 경험은
분명 어려운 순간에 어떤 형태로든 쓰일 거야.
네 과거는 망하거나 허비된 게 절대로 아니야.

당장 눈에 보이는 결과가 없는 듯해도
조금씩 확실하게 준비하고 다지다 보면
인생에 다가올 기회를 놓치지 않고
꽉 잡을 수 있는 힘과 기술이 생겨날 거야.

쓸모없던 시간은 없었어.
넌 너 나름대로 열심히 살아냈어.

오늘만이라도

오늘부터라도

못나게 느껴져

모질게 꾸짖기만 했던 나를

사랑하고 싶다.

초라하게만 느껴졌던

나를 사랑해주고 싶은 오늘.

거울 보며 예쁜 구석 찾기

전체적인 실루엣이 엉망이라는 생각이 들자, 차마 전신 거울을 들여다보지 못하고 피하는 날이 많아졌다.

　전신 거울 대신 방에 작은 거울을 뒀다. 그 거울로 얼굴을 찬찬히 훑어봤다. 구석구석 가까이서 살펴보니 일정한 방향으로 곧게 자란 눈썹 털과, 들어간 입꼬리, 입술 라인이 온전한 대칭으로 자리 잡고 있었다. 속눈썹은 눈두덩이에 파묻혀 있긴 하지만 길고 풍성해서 꽤 예뻐 보였다.

　'살은 참 많이 쪘지만, 이목구비는 어쩜 이렇게 예쁘지? 짜식, 오늘 좀 귀엽다?'

　말 같지도 않은 칭찬이지만 있는 그대로의 내 모습을 아낌없이 칭찬했다. 눈도 크게 뜨고 거울에 비친 나를 바라보며 싱긋 웃어 보이기도 했다.

살아내고 있다는 것에 칭찬하기

아무것도 안 하고 무기력하게 누워만 있지 않고 하루에 작은 것 하나라도 했다면 '오늘 잘 살았다!'라고 생각했다. 씻고 옷을 갈아입은 뒤 마트로 가서 세제를 사 오면 무사히 다녀온 나를 칭찬하고, 청소를 깨끗이 하면 "오늘 미션 클리어!" 하며 뿌듯해했다.

이런 식으로 '무언가를 한 것'에 대해 큰 의미를 두고 스스로를 칭찬했다. 정해둔 한 달 스케줄에 따라 부지런히 움직이며 오늘을 살아냈다면, 계획을 지키고 살아낸 그 자체만으로 나를 대견하게 생각했다.

상처 주는 것과 거리 두기

인간관계가 좁으면서 깊고, 상대의 감정에도 예민했던 나는 주변 사람들에 대한 감정 소비가 큰 편이었다. 사랑하지만 사랑하는 만큼 가깝게 지내다 보니 마음의 상처도 자주 생기곤 했다. 그래서 엄마와 친구들과 거리를 조금 두는 연습을 하기 시작했다.

깊은 마음속 사정까지 미주알고주알 꺼내놓으며 내가 원하는 반응이 나오기를 기대하지 않고, 카카오톡으로 연락 오는 주기에 신경 쓰지 않기 위해 프로필 이름을 변경해 친구 목록 제일 아래쪽으로 내려놓거나 숨김 기능을 사용해 프로필을 숨겼다.

SNS는 내 신변에 도움을 준 적도 없으면서 상대적 박탈감만 안겨줬다. 하지만 그렇다고 삭제하거나 비공개 처리하면 정작 중요한 소식은 못 보고 지나칠 수 있으니, 알람 설정을 끄고 폴더에 또 폴더를 하나 더 만들어 찾기 힘들게 숨겨뒀다. 최대한 들어가지 않고 다른 사람의 소식도 자세히 찾아보지 않으려 했다.

소통은 주로 비슷한 마음을 가진 사람들과 했다. 마주쳐도 누구인지 모르는 사람들과 익명의 게시판에 마음속 고민을 털어놓으면서 '나만 그런 게 아니었구나, 많은 사람이 이런 고민들로 힘들어하고 있구나' 하며 공감과 위로를 받았다.

꼬옥

누구에게도 꺼내지 못할 이야기를 하며 울고 있는 내가
내 눈앞에 보인다면, 과연 나는 눈앞에 있는 나를 욕하고
비난할 수 있을까?

전에는 다른 사람이나 상황을 탓하다가도 스스로를 위하는 일이라 여기며 나 자신을 모질게 채찍질할 때가 많았다. 그러나 이제는 결과를 최대한 담담히 인정하고 나를 믿고 지지하는 쪽으로 바뀌었다. 나라도 내 편을 들어주고 싶어서다.

다른 사람의 기준에 맞춰 나를 재단하기보다는 객관적으로 내가 잘못한 부분에 대해 반성하고 고치려고 노력한다. 지금의 성격과 가치관으로 살아가는 내 삶을 나 스스로가 먼저 존중해주고 믿어주려고 한다.

짜식, 기죽지 마.
인생 80부터다?

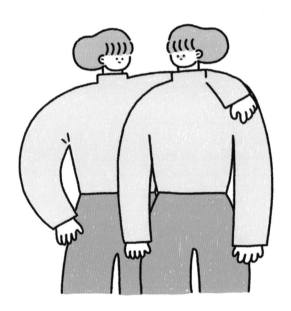

침대와 한 몸이 된 당신을 위한 일상 회복 에세이

오늘도 집순이로 알차게 살았습니다

초판 1쇄 발행 2020년 3월 30일
초판 3쇄 발행 2021년 5월 31일

지은이 삼각커피
펴낸이 민혜영
펴낸곳 (주)카시오페아 출판사
주소 서울시 마포구 월드컵로 14길 56, 2층
전화 02-303-5580 | **팩스** 02-2179-8768
홈페이지 www.cassiopeiabook.com | **전자우편** editor@cassiopeiabook.com
출판등록 2012년 12월 27일 제2014-000277호
책임편집 진다영 | **책임디자인** 고광표
편집 최유진, 위유나, 진다영 | **디자인** 고광표, 최예슬 | **마케팅** 허경아, 김철, 홍수연

ISBN 979-11-88674-21-3 03810

이 도서의 국립중앙도서관 출판시도서목록 CIP은 서지정보유통지원시스템 홈페이지
(http://seoji.nl.go.kr)와 국가자료공동목록시스템(http://www.nl.go.kr/kolisnet)에서
이용하실 수 있습니다.
CIP제어번호: 2020006689